Leonhard Schne

Unsterblichkeitslehre des Aristoteles

Leonhard Schneider

Unsterblichkeitslehre des Aristoteles

1. Auflage | ISBN: 978-3-75252-946-3

Erscheinungsort: Frankfurt am Main, Deutschland

Erscheinungsjahr: 2021

Salzwasser Verlag GmbH, Deutschland.

Unveränderter Nachdruck der Originalausgabe von 1867.

UNSTERBLICHKEITSLEHRE

DES

ARISTOTELES.

VON

LEONHARD SCHNEIDER.

PASSAU.

VERLAG BEI ELSAESSER & WALDBAUER.

1867.

SEINER HOCHWOHLGEBOREN

TITEL HERRN HERRN

DR. CARL HOFFMANN,

PROFESSOR DER PHILOSOPHIE UND RECTOR DES KOENIGLICHEN LYCEUMS
ZU PASSAU,

EHRFURCHTSVOLLST GEWIDMET

VON DEM VERFASSER.

VORREDE.

Eigentlich erscheint es mir unnütz, eine Vorrede für meine Arbeit zu schreiben, da ich nicht im Sinne habe, dasjenige in derselben zu sagen, was man gewöhnlich in derlei Vorreden findet. Es ist unnöthig, hinzuweisen, dass die vorliegende Schrift eine Erstlingsarbeit ist, der Sachverständige findet diess alsbald heraus. Eine Entschuldigung wegen etwaiger Mangelhaftigkeit der Form oder Methode oder wegen lückenhafter Benützung der Literatur ändert an der Sache nichts; ist eine Bemerkung erlaubt, so ist es im gegebenen Falle die, dass ich mich eben von der Arbeit einmal losreissen und sie abschliessen musste, so angenehm mir eine längere Beschäftigung damit gewesen wäre.

Was die Wahl des Gegenstandes betrifft, so hat mich dazu theils die Vorliebe für Aristoteles, wie sie in neuerer Zeit sich allgemein kundgibt, theils äusserer Einfluss veranlasst.

Besonders aber möchte ich diese Vorrede benützen, um meinen tiefgefühltesten Dank allen Denjenigen öffentlich auszusprechen, die durch geistige und materielle Hilfeleistung die Herausgabe dieser Schrift, sowie das Studium der Philosophie an der Hochschule mir ermöglichten.

Vor Allem drängt es mich meinem hochverehrten Lehrer, Herrn Professor Dr. Carl Hoffmann in Passau, der mich auf die Bahn der Philosophie geleitet, mir die erste Liebe zu dieser schönen Wissenschaft eingepflanzt und seit Jahren mir in jeglicher Weise wissenschaftliche Hilfsmittel geboten hat, hier meinen wärmsten Dank und meine innigste Verehrung und Hingebung auszudrücken; möge mein theurer, mir unvergesslicher Lehrer sich würdigen, die Dedikation dieses Werkes als einen, freilich schwachen Beweis von der Anhänglichkeit seines Schülers entgegenzunehmen.

Ferner fühle ich mich verpflichtet, den Herren Professoren der philosophischen Fakultät der Universität Würzburg, sowie dem Herrn Oberbibliothekar Dr. Ruland für alle bewiesene Liebe ergebensten Dank auszusprechen; diese edlen Männer werden mir für immer in lebendiger Erinnerung bleiben.

Den grössten Dank für liebreich gewährte materielle Hilfeleistung schulde ich dem hochgebornen Herrn Baron August von Welden Grosslaupheim, königl. bayer. Kämmerer &c. zu Leutstetten, und spreche denselben hiemit ergebenst aus; auch kann ich nicht umhin, mit ehrfurchtsvollem Danke der hohen Gunst Sr. Excellenz des

Herrn Reichrathes Carl Baron von Aretin, kgl. bayr. Kammerherrn &c. zu erwähnen, vermöge welcher mir ein mehrjähriger Aufenthalt auf hochdessen Adelssitz Haidenburg gestattet war, wo der Geist und Herz bildende Umgang mit diesem wahrhaft adeligen Manne und hochdessen überaus edler Familie, sowie die Benützung einer grossen reichhaltigen Bibliothek und einer bedeutenden kostbaren Gemäldesammlung auf meine geistige und besonders philosophische Entwicklung den günstigsten Einfluss ausübte.

Somit übergebe ich meine Schrift den Freunden der Philosophie sowie allen meinen Gönnern und Bekannten mit der Bitte um günstige Aufnahme.

Würzburg im Juli 1866.

Der Verfasser.

Inhalts-Verzeichniss.

~~~~~~

————

Literatur.

~~~~~~~~

Alexander Aphrodisias, ζητήματα ed. Petrus Victorinus 1536.
Aristotelis opera omnia. Lipsiae Tauchnitii 1831.
     ,,   ,,   ,,   Paris, Didot. 1854.
Athenaeus, Deipnos. lib. XV.
Beck, Grundriss der Psychologie. Stuttgart 1860.
Biese, Philosophie des Aristoteles. 2 Bde. Berlin 1835 — 42.
Blumenbach, Bildungstrieb. Göttingen 1791.
Bonitz, Aristot. Metaph. Comment. Bonn 1849.
Bernays, Theophrastus' Schriften über die Frömmigkeit. Berlin 1866.
    ,,   Die Dialoge des Aristoteles. Berlin 1863.
Brandis, Handbuch der griech.-röm. Philos. Berlin 1853 — 60.
    ,,   Schol. in Arist. Berolini 1836. 4°.
    ,,   ,,   ,,   ,,   Metaph. 8°.
Carus, Psyche. Pforzheim 1846.
Cicero, de divin., de nat. deor., de senect., de fin.
Collegii Complutens. discalc. ffr. disput. in Arist. Lugduni 1651.
Denzinger, Enchiridion Symbol.
Diogenes Laëertius, περὶ βίων δογμάτων καὶ ἀποφθεγμάτων τῶν ἐν φιλο-
    σοφίᾳ εὐδοκιμησάντων. libr. X.
Flücke.
Francisci Toleti S. J. comment. in Arist. de anima. Colon. Agrip. 1853.
Gladisch, die Religion und Philosophie. Breslau 1852.
    ,,   Anaxagoras und die Israeliten. Leipzig 1864.
Glaser, Metaphysik des Aristoteles. Berlin 1841.
Hampke, de eudaimonia Aristotelis moral. discipl. principio. Branden-
    burg 1858.
Hegel, Geschichte der Philosophie.
Hesiod, ἔργα καὶ ἡμέραι.
Jahns's Jahrb. f. Philologie. Leipzig 1860. Bd. 81.
Kym, Gotteslehre des Aristoteles. Zürich 1862.
Klee, Kathol. Dogmatik. 4. Aufl. Mainz 1861.
Kleutgen S. J., Philosophie der Vorzeit. Münster 1860.
Kuehm, de Aristot. virtutibus intellectualibus diss. inaug. Berol. 1860.
Lobeck, Aglaophanus sive de theologiae Graecor. mysticae causis libr. III.
    Regiomont. 1829.

Lomatsch, Quomodo Plato et Aristot. religionis et reipublicae principia conjunxerint. Diss. inaug. Berolini 1863.

Lotze, Microcosmus. 3 Bde.

Mullachius, frag. philos. graecor. Parisiis, Didot. 1860.

Meyer, Ergänzungsblätter. Hildburghausen 1866. I.

Michelet, examen critique de l'ouvrage d'Aristote intitulé Metaphysique. Paris 1836.

Natur, Zeitschr. zur Verbreitung naturwissenschaftlicher Kenntnisse von Ule und Müller. Halle 1866.

Pausch, de Aristotelis animae definit. Diss. inaug. Gryphiswaldiae 1861.

Pomponatius, tract. de immort. animae. Tubingae 1791.

Plutarch, moral. — de placit. philos.

Prantl, über die dianoëtischen Tugenden in der Eth. Nic. des Aristot. (Akadem. Abhandlung.)

Renan, Averroës et Averroisme. Paris 1852.

Rose, Aristoteles Pseudepigraphus. Lipsiae 1863.

Ritter, Geschichte der Philosophie der alten Zeit. Hamburg 1857.

Rhein. Museum f. Philolog. XVI.

Schelling's Werke, besonders II. Abth. Stuttgart 1838.

Sengler, Erkenntnisslehre. Heidelberg 1858. I. Bd.

Schlegel, Friedr., Geschichte der alten und neuen Literatur. Wien 1847.

Stiefelhagen, Theologie des Heidenthums.

Schmeitzel, aristotelisch - thomistische Erkenntnisslehre. Diss. inaug. München 1861.

Schwegler, Geschichte der griech. Philosophie. Tübingen 1859.

„ „ „ Philosophie. Stuttgart 1863.

„ Metaphysik des Arist. Comment. Tübingen 1847.

Thomas Aquin., op. omn. Antwerpiae 1612. Tom. III. Comment. in Arist. de anima.

„ „ Summa theolog. Migne, Paris 1859.

Themistius, Reden. Paris 1684.

Trendelenburg, Geschichte der Kategorienlehre. Berlin 1846.

„ Commentar. in Arist. de anima. Jenae 1833.

„ historische Beiträge. II. Bd.

Ueberweg, Grundriss der Geschichte der Philosophie. I. Berlin 1865.

Zabarella Patav., de rebus natur. Francofurti 1617.

Zeller, Philosophie der Griechen. 3. Bd. 2. Aufl. Tübingen 1861.

Die einschlägigen Werke von **Deinhardt**, **Fischer** und **Torstrik** sind mir nicht zur Hand gekommen; die Kürze der Zeit erlaubte nicht, **Suarez** disput. metaph. noch zu benützen.

Der Verfasser.

Vorbemerkung.

~~~~~~~

Unter die noch unentschiedcnen Punkte in der aristotelischen Philosophie gehört auch die Unsterblichkeitsidee
des Aristoteles.

Schrader [1]) bemerkt hierüber: Wer die Sache von des
Aristoteles Standpunkt aus untersucht, fühlt mit ihm, wie
schwer eine endgültige Entscheidung auf Grundlage seiner
Begriffe für ihn war. Allerdings können uns die anderen
unentschiedenen und unentwickelten Begriffe des Aristoteles
den Massstab geben für die möglichste Feststellung der Idee
von der Unsterblichkeit, aber von allen Seiten und aus
allen Zweigen des grossen Baumes der Wissenschaft rufen
uns zahlreiche Fragen um ihre Beantwortung an, wenn wir
daran gehen wollen, diese Frage zu lösen.

Fassen wir die Sache sogleich näher in's Auge, so findet
sich, dass die Unsterblichkeitslehre des Aristoteles dessen
religiös-sittlichem Charakter entspricht, vom praktischen
Standpunkte aus geurtheilt; wissenschaftlich beruhen die

---

[1]) in Jahn's Jahrb. f. Philolog. Bd. 81 p. 89.

Aussprüche dieses Philosophen über den fraglichen Gegenstand auf seinen metaphysischen, psychologischen und ethischen Grundanschauungen; auf die Entwicklung der Unsterblichkeitslehre bei Aristoteles haben die Lehren der
früheren Philosophen über diesen Punkt einen bedeutenden
Einfluss ausgeübt. Da man mit Recht in der geistigen Fort-
entwicklung des Stagiriten, wie sie in seinen hinterlassenen
Schriften vor uns tritt, eine frühere und eine spätere Periode
unterscheidet, und diess bezüglich unserer Frage in den betreffenden Aussprüchen des Philosophen besonders bemerk-
bar ist, so hat es wissenschaftliches Interesse, das hervorzuheben, was die ersteren Aussprüche des Aristoteles von
seinen letzteren aus der Blüthezeit seines Denkens uns gebliebenen unterscheidet.

Jene erscheinen uns der religiösen Anschauung des
griechischen Volkes entnommen, diese aus den philosophischen Forschungen des Aristoteles selbst hervorgegangen.
Welcher innere Werth somit den fraglichen Aussprüchen
zukommt, muss unsere Untersuchung zeigen, jedenfalls ist
die Darstellung des Verhältnisses unseres Philosophen zur
griechischen Religion sowohl in seiner früheren als späteren Periode von Belang, und kann nicht unberücksichtigt
bleiben.

Der Volksglaube, die Lehren früherer Philosophen,
sowie endlich die Gotteslehre und Psychologie des Aristoteles selbst sind die Voraussetzungen, auf denen die Unsterblichkeitslehre dieses Philosophen beruht. Im Anfang
ist ihm die Unsterblichkeitsidee Glaube, später und zuletzt
wissenschaftliche Ueberzeugung gewesen. Dieses wollten
wir zur Orientirung vorausschicken.

Das Verhältniss des Aristoteles zur Volksreligion.

Das Verhältniss der Religion, bemerkt Gladisch[1]) (wir sehen ab von ihrem speciellen Inhalt) zur Philosophie zeigt sich im geschichtlichen Anfange beider als das der Zusammengehörigkeit. Die Philosophen konnten den Volksglauben nicht unberücksichtigt lassen und haben auch, wie die Geschichte der Philosophie zeigt, in die Anfänge ihrer Untersuchungen die Elemente desselben, wie sie besonders in den volksthümlichen, älteren Dichtern repräsentirt sind, aufgenommen, aber bei weiterem Fortgang dialektischer Erkenntniss mussten sich die Zusätze der spielenden religiösen Phantasie verlieren und nur der tiefere Gehalt desselben konnte noch seine Würdigung finden, eine ausgebildete Philosophie konnte mit dem in seiner ersten Entwicklung stehen gebliebenen Volksglauben keine innere Beziehung mehr haben[2]). Wollen wir nun sehen, wiefern diese thatsächlichen Verhältnisse den Weisen aus Stagira berührten.

Die religiöse Gesinnung des Aristoteles und somit dessen Beziehung zum Volksglauben hat Schrader[3]) mit den Worten geschildert: „Nicht nur ein Philosoph, sondern eine tief religiöse Natur ist Aristoteles gewesen, hiefür zeugt nicht nur die Richtung seines Systems, nicht nur viele der wichtigsten Stellen, nicht der Umstand allein, dass er selbst

---

[1]) Die Religion und die Philosophie. Vorr. 1 ff.

[2]) Der Unterschied zwischen Philosophie und Volksglaube in der Unsterblichkeitslehre zeigt sich fast bei allen Völkern; wir haben hiefür bei Gelegenheit dieser Arbeit reichliches Material gesammelt und hoffen in Bälde eine dessbezügliche Abhandlung herauszugeben.

[3]) Jahn's Jahrb. f. Philolog. Bd. 81 p. 105.

den höchsten Theil seiner Lehre als Theologie bezeichnet
und benennt, es zeugt dafür noch mehr die Erhabenheit
und Wärme der Srache, in welcher er, sonst überall knapp
und einfach, von Gott und den göttlichen Dingen redet,
eine Erhabenheit, welche von äusserem Schmuck ganz fern,
ihren Quell nur in der begeisterten Anschauung des göttlichen Wesens hat, wie ihm dasselbe aufgegangen war.
Es zeugt endlich dafür der Ausspruch, dass demjenigen,
welcher dem Geiste anhange, und im Geiste wandle, kurz
dem Weisen das Wohlgefallen und die Liebe Gottes sich
besonders zuwende (Eth. Nic. X. 9).

Aristoteles hat jedoch so wenig als Plato die Religionsphilosophie als eigene Wissenschaft behandelt oder eine
Theodicee geschrieben, ausserdem fehlen seiner Philosophie
die Züge, durch welche die platonische, so viel sie auch
an der bestehenden Religion zu tadeln hat, doch selbst
wieder einen religiösen Charakter erhält.   Er hat nicht,
bemerkt Zeller (II. 2. p. 623), jenes Bedürfniss der Anlehnung an den Volksglauben, welches sich in den platonischen Mythen ausspricht, wenn er auch nach dem Grundsatz, dass der allgemeinen Meinnng und der unvordenklichen Ueberlieferung immer eine gewisse Wahrheit zukomme, die Anknüpfungspunkte, die er ihm darbot, gerne
benützte [1].

Seine wissenschaftlichen Untersuchungen erhalten nicht
jene durchgreifende unmittelbare Beziehung auf das persönliche Leben und die Bestimmung des Menschen, in welcher
der religiöse Charakter des Platonismus vorzugsweise begründet ist; und auch da, wo er sie auf's Praktische anwendet, sind es immer nur sittliche, nicht religiöse Antriebe,
die er daraus ableitet. Seine ganze Weltansicht geht darauf

---

[1] Diesen Stanpunkt nimmt Aristoteles im Dialog Eudemus ein.

aus, die Dinge möglichst vollständig aus ihren natürlichen Ursachen zu erkennen [1].

Der sokratisch-platonische Begriff von der Vorsehung als einer auf das Einzelne bezogenen göttlichen Thätigkeit findet bei ihm keine Stelle [2]. Seinem Systeme fehlt daher (im Ganzen) jener warme Ton religiöser Empfindung, der uns bei Platon anzieht.

Wir finden bei Aristoteles nirgends den Versuch, wissenschaftliche Fragen durch religiöse Voraussetzungen zu beantworten, wie diess bei Plato der Fall war. Sein Begriff von Gott und dem Verhältnisse Gottes zur Welt, reiner als der platonische, — ist derart, dass er der Volksreligion in dieser Beziehung wenig Bedentung beilegen konnte [3].

Der Volksglaube ist nach Aristoteles aus dem Wahrheit suchenden Geiste des Menschen hervorgegangen, mag man denselben auf eine unmittelbare Ahnung des Göttlichen zurückführen, wie es Aristoteles thut [4] und woraus nach

---

[1] Fr. Schlegel (Lit.-Gesch. I. 102) bemerkt: „Der Grund der dunkeln und unbefriedigenden Antworten des Aristoteles auf die höchsten Fragen von dem Ursprung und der Bestimmung des Menschen, von Gott &c. liegt darin, dass Ar. Vernunft und Erfahrung allein als Quelle der Erkenntniss anerkennt, indem jene höhere von Plato angedeutete Erkenntnissquelle ihm nicht genügte oder ihm doch zu unwissenschaftlich schien."

[2] Obgleich er (Eth. Nic. X. 9) sagt, dass die Götter für die Mehschen sorgen und sich dessen, der vernunftgemäss lebt, annehmen, dass Glückseligkeit ihr (der Götter) Geschenk sei.

[3] Zeus regnet ihm nicht, sondern der Regen beruht auf allgemeinen Naturgesetzen; eben so wenig sind die weissagenden Träume von den Göttern &c. &c.

[4] Sext. Empir. adv. Math. IX. 20: Ἀριστοτέλης δὲ ἀπὸ δυοῖν ἀρχῶν ἔννοιαν θεῶν ἔλεγε γεγονέναι ἐν τοῖς ἀνθρώποις, ἀπό τε τῶν περὶ τὴν ψυχὴν συμβαινόντων καὶ ἀπὸ τῶν μετεώρων· ἀλλ' ἀπὸ μὲν τῶν περὶ τὴν ψυχὴν συμβαινόντων διὰ τοὺς ἐν τοῖς ὕπνοις γιγνομένους ταύτης ἐνθουσιασμοὺς καὶ τὰς

ihm die Entstehung des Götterglaubens sich erklärt, sowie aus der Betrachtung des Himmels, oder mag man ihn aus den Ueberbleibseln älterer Wissenschaft und Religion, die ihre Quelle wieder in der Vernunft haben (nach ihm), ableiten.

Was Aristoteles von der Religion seines Volkes annimmt, ist: die Ueberzeugung vom Dasein einer Gottheit und die von der göttlichen Natur des Himmels und der Gestirne[1]).

Mit der anthropomorphistischen Götterlehre seines Volkes weiss Aristoteles sich eben so wenig zu befreunden, als Plato[2]), er widerlegt sie nicht, sondern bezeichnet sie ein-

---

μαντείας· ὅταν γάρ φησίν, ἐν τῷ ὑπνοῦν καθ' ἑαυτήν γένηται ἡ ψυχή, τότε τήν ἴδιον ἀπολαβοῦσα φύσιν προμαντεύεται τε καί προαγορεύει τά μέλλοντα. τοιαύτη δὲ ἐστι καί ἐν τῷ κατά τόν θάνατον χωρίζεσθαι τῶν σωμάτων. Da diese Stelle von der Ahnung der Seele im Tode vom Jenseits spricht, könnte man sie als Beweisstelle aus Ar. für dessen Glaube an die Unsterblichkeit der Seele benützen, allein Ar. erwähnt, wie Zeller richtig bemerkt, in seinen anderen Schriften nichts mehr von diesem Ahnungsvermögen, die Stelle ist vereinzelt.

[1]) Nach Ar. umschliesst der erste und oberste Himmel, die Sphäre der Fixsterne, welche direct von Gott bewegt wird, Alles was in Raum und Zeit ist. Die nähere Beschreibung dieses Fixsternhimmels übergehen wir (cf. de meteor.); aber derade dicse Ansicht unseres Philosophen von den Gestirnen war das Band, mittelst dessen Ar. an die Volksreligion anknüpfen konnte (cf. Döllinger 307). Die Astralgeister und Sphärengötter sind die Wesen, welche ursprünglich von den Menschen verehrt wurden. Diess ist die uralte Ueberlieferung, indem man zur Ueberredung der Menge und um der Gesetze und des allgemeinen Nutzens willen jenen Göttern menschliche und thierische Figur und eine menschliche Geschichte angedichtet hat (Met. XI. 8; de coelo II. 1).

[2]) der den Socrates im Phaedo sagen lässt (über die Gorgonen, Centauren &c.): „Ich lasse das Alles gut sein, und annehmen, was darüber geglaubt wird, aber ich denke nicht an diese Dinge, sondern an mich selbst.‟

fach als fabelhaft[1]); er erklärt ihre Entstehung[2]) und behauptet ihre Nothwendigkeit für das Volk[3]).

Wenn Aristoteles auch auf Mythen und Sprichwörter sich zuweilen beruft (z. B. Met. I. 3; Phys. IV. 1), um einen allgmeinen Satz darin aufzuzeigen oder wissenschaftliche Annahmen bis in ihre unscheinbaren Anfänge zu verfolgen, so legt er ihnen doch keine tiefere Bedeutung bei, wie aus allem bisher Angeführten erhellen muss.

Was Aristoteles vom Unsterblichkeitsglauben seines Volkes angenommen, werden wir später sehen.

---

[1]) Met. XII. 8, wo er sagt, dass die Götter menschenähnlich und den übrigen Geschöpfen gleich seien, ist Mythus (cf. III. 2; Poët. 25; de mundo VII. führt Ar. den Namen des Zeus an, spricht vom Fatum; von den Parsen, welche er als fabelhaft bezeichnet; ähnlich de part. an. I. 1, über die Seelenwanderung.

[2]) Sie sei aus der Neigung der Menschen hiezu entstanden (Polit. I. 2) und die Staatsmänner hätten dieselbe zu ihren Zwecken benützt, die Mythen seien zu politischen Zwecken erdichtet.

[3]) Da Ar. den Staat als das erste und vorzüglichste Mittel zur Verwirklichung der Idee des Guten in der Menschheit ansieht, so hält er (irrthümlich) ihren Zwecken selbst die Religion untergeordnet. Weil die Religion und sofern dieselbe den Zwecken des Staates dienlich ist, muss sie bestehen und von dem Bürger geübt werden. Ar. findet die Verehrung der Götter nothwendig für den Einzelnen (um der Gesammtheit willen); der Bürger soll opfern, es soll Tempel geben besonders für die Orakel (Top. I. 11; Eth. Nic. VIII. 11; 16; IX. 1; Polit. VI. 8; VII. 8; 9). Alles vom angegebenen Standpunkte, welchen Lomatzsch charakterisirt: alloquin idem (Ar.) non potuit veterum narrationibus ita fidem habere, ut deorum numerum poneret eosque homini consulentes (Met. XII. 8) acciperet (p. 60). —

Die Unsterblichkeitslehre Plato's und früherer Philosophen.

~~~~~~~~

Als wissenschaftliche Voraussetzungen der aristotelischen Unsterblichkeitslehre sind zunächst die. Ansichten früherer Philosophen, besonders des Plato, hierüber anzusehen.

Bei den Philosophen vor Plato finden wir die Unsterblichkitslehre wenig berücksichtigt. Diess scheint. uns in der noch nicht gehörig geschehenen Entwicklung der philosophischen Systeme der vorsokratischen Periode seinen Grund zu haben; wo sich aber die Unsterblichkeitsidee in dieser Epoche uns zeigt, erscheint sie den betreffenden Systemen gemäss im materialistischen, materialistisch-pantheistischen und idealistisch-pantheistischen Gewande, d. h. sie ist eigentlich nur ein schwacher Reflex der wahren erhabenen Idee von Unsterblichkeit, ein unvollkommenes Bild von dem, was spätere Philosophen, zumal Aristoteles, mit wissenschaftlichem Bewusstsein dargestellt und geboten haben. Wie kann eine Idee, die nur aus einer wohlentwickelten Gotteslehre, Psychologie und Ethik. als ihren Grundlagen zu entwachsen vermag, im Cyclozoismus oder in der Atomistik eine Stelle finden? Und so finden wir denn bei den Joniern, Pythagoräern und Eleaten bezüglich der Unsterblichkeit nichts weniger als streng philosophische Begriffe, wohl aber hie und da Anklänge an den griechischen Volksglauben von der Fortdauer der Seele nach dem Tode.

Nach Diogenes Laërtius (I. 24) soll Thales die Unsterblichkeit gelehrt haben. Bei Anaximander, dem die endlichen Dinge aus dem unendlichen Urgrunde hervor-

gegangen sind, und der Urgrund, auch der Grund alles
Vergehens ist, kraft der ewigen Bewegung, die ihm innewohnt (Symplic. in Phys. fol. 6), so dass alles Entstandene
im Urwesen wieder untergeht, findet die Unsterblichkeitslehre keinen Platz, um so weniger, als jede Sonderexistenz
nach der Anschauung dieses Philosophen etwas Abnormes
ist und durch die Auflösung in's All wieder gebüsst werden
muss. Aehnliche Auffassungen machen die Unsterblichkeitslehre bei Anaximenes unzulässig, sie wird desshalb weder
bei ihm noch bei seinem Vorgänger erwähnt [1].

Heraclit, dem die Seele ein Theil der in der ganzen
Welt verbreiteten vernünftigen Feuersubstanz ist, weiss uns
über ihre einstige Fortdauer nichts zu sagen, die Theorie
von dieser Feuersubstanz, die er als allgemeine Vernunft
fasst, lässt es nicht zu.

Die Lehren des Empedocles von einer seligen Präexistenz des Menschen in einem höheren gottgleichen Zustande, von dem Verluste desselben in Folge von Freveln,
durch welche die ursprüngliche Harmonie aller Wesen ge-
stört und der Mensch zum Leben in der niederen irdischen
Region, wo Streit, Feindschaft und Elend vorherrschen,
verdammt wurde, von einer Bestrafung alles Bösen
durch fortdauernde Wanderung in verschiedene
Formen sterblicher Existenz (Mensch, Thier, Pflanze)
sind, weil sie mit seinen philosophischen Grundanschauungen
nicht im wissenschaftlichen Zusammenhange stehend (wenn
auch denselben verwandt), mehr religiös als philosophisch.

Bei Anaxagoras begegnen wir einem νοῦς, d. h.
einem denkenden, von dem Materiellen geschiedenen, auf
gewisse Zwecke mit Selbstbewusstsein gerichteten, thätigen
Prinzip, das aber dem göttlichen νοῦς emanirt, beim Tode

---

[1] Cf. Schwegler, Gesch. d. griech. Philos. p. 12. 15. 18. 29 ff.

sich wieder in dasselbe auflöst. Von einer eigentlichen Fortdauer der Seele kann Anaxagoras somit seiner Theorie
nach nicht sprechen [1]).

Die Atomistik (Leucippus und Democrit) übergehen
wir; sie, die nicht einmal vom Standpunkte des Volksglaubens, den sie als psychologische Täuschung und als
eine Wirkung der Furcht erklärte (Sext. Emp. IX. 24)
der Unsterblichkeitslehre Rechnung tragen konnte, ver-
mochte ihr eben so wenig (wie der Scepticismus und Natura-
lismus, der sich aus ihr entwickelte) in ihrem Systeme eine
Stelle anzuweisen.

Bei den Pythagoräern hängt ihre Unsterblichkeitslehre einigermassen mit ihrer Psychologie zusammen, obgleich sich mit grösserer Wahrscheinlichkeit behaupten lässt,
dass sie ein Element des ägyptischen Volksglaubens ist,
denn Pythagoras lehrt die Seelenwanderung und soll
diese Lehre (auf seinen Reisen) von Aegypten erhalten
haben. Die Pythagoräer dachten sich Leib und Seele ver-
schieden: sie sahen den Körper als Grab ($\sigma\tilde{\eta}\mu\alpha$) oder als
Gefängniss ($\varphi\varrho ov\varrho\alpha$) der Seele an (Phaed. 62). Bei Athenaeus
IV. 157 sagt ein Pythagoräer, die Seele sei zur Strafe in
den Körper gefesselt; diess sind allerdings Anklänge an die
Seelenwanderungslehre.

Von den Eleaten (Xenophanes, Parmenides, Zeno)
die ganz mit der Entwicklung der Alleinslehre (des $\check{\varepsilon}v$ $\varkappa\alpha\grave{\iota}$
$\pi\tilde{\alpha}v$) beschäftigt waren, sowie von den Sophisten, welche
dem Subjectivismus (dem falschen) verfallen waren und nur
für das äussere Leben wirkten und dachten, wobei sie nebenbei den Volksglauben bekämpften und untergruben, ohne

---

[1]) Wenn Gladisch die Unsterblichkeitslehre des Anaxagoras mit der
der Israeliten vergleicht, so kann jedenfals nur in den Grundanschauungen beider Lehren eine gewisse Aehnlichkeit gefunden werden.

dem Volke etwas Besseres dafür zu bieten, können wir
keinen Aufschluss über die hehre Idee von der Unvergänglichkeit des Geistes erwarten.

Endlich hören wir von dem Munde des edlen Sokrates
den Glauben an die Unsterblichkeit der Seele aussprechen;
doch so innig und wahr die Ueberzeugung dieses Mannes
von diesem Glauben (wie er ihm wenigstens von Plato im
Phaedon zugeschrieben wird) sein mag, eine eigentliche
wissenschaftliche d. h. philosophische Begründung
der Unsterblichkeitslehre findet sich erst bei Plato,
wiewohl auch dieser Philosoph der Seelenwanderungstheorie
huldigt und ihm die Unsterblichkeitslehre öfter eine blosse
Hypothese zu sein scheint.

Plato beweist im Phaedon die Unsterblichkeit aus der Natur der Seele als des sich selbst
bewegenden Prinzips aller Bewegung[1]).

Der Wahnsinn der Liebe, heisst es da, ist uns von den
Göttern zur höchsten Glückseligkeit verliehen. Diess erhellt
aus der göttlichen und menschlichen Natur in ihrem Thun
und Leiden. Die Seele ist unsterblich, denn das Stete
und sich selbst Bewegende (das Göttliche) ist unsterblich;
was durch ein Anderes bewegt wird, hat ein Ende der Bewegung und so ein Ende des Lebens. Diess ist auch
allem Andern die Quelle und der Grund ($\alpha\varrho\chi\acute{\eta}$) der
Bewegung. Der Grund ist unentstanden, denn wenn
er entstünde, so entstünde nichts aus ihm, sondern aus

---

[1]) Wir führen hier Näheres an, weil im Phaedon zugleich die
Seelenwanderungslehre des Plato und sein Verhältniss zum griechischen
Volksglauben bezüglich der Unsterblichkeitslehre (vom Ort der Seligen,
Todtengericht) behandelt ist. Die Frage, ob Plato die Metempsychose
bloss allegorisch gedeutet habe oder ob sie seine Ueberzeugung war,
können wir hier nicht weiter erörtern; die betreffende Literatur führt
Ueberweg Grundriss d. Gesch. d. Philosophie I. 110 an.

dem, was ihn erzeugt. Ist er unentstanden, so muss er auch unvergänglich sein[1].

Das sich selbst Bewegende ist denn auch das Wesen und der Begriff (λόγος) der Seele. Die Seele ist unentstanden und unvergänglich. — Es wird ferner gesagt, dass jede der Seelen Sorge trage für das Unbeseelte, dass sie den ganzen Himmel durchziehe und in den mannichfaltigsten Gestalten erscheine (Seelenwanderung); die vollkommene und beflügelte Seele schwebt in die Höhe und ordnet die ganze Welt (Weltseele); die des Gefiederers verlustige bewegt sich hart, bis sie etwas Festes ergreift, dort ihre Wohnung wählt und einen irdischen Körper annimmt (Thier- und Menschenseele). Plato vergleicht die Seele der von Natur vereinten (ξυκφύτῳ) Kraft eines beflügelten Gespanns mit seinem Lenker.

Die Seele mit dem Körper vereint heisst ein sterbliches Wesen (ζῷον), ein unsterbliches der Art erkennen wir durch keinen Grund (λόγος), sondern nehmen es nur so an. Denn weder haben wir einen Gott gesehen, noch hinlänglich begriffen als ein Wesen aus einer Seele und einem Leibe ursprünglich und für immer verbunden.

Ferner berichtet uns der Dialog, wie Zeus auszieht auf seinem Wagen mit den übrigen Göttern. Ihnen folgt jeder wie er will und kann. Wann es aber zur höchsten Bahn hinaufgeht, dann kommen die Seelen der Menschen, wenn auch befiedert durch die göttlichen Ideen des Schönen und Guten, den Göttern schwer nach. Am äussersten Rande des Himmels steigen die Unsterblichen hinaus und sehen, was ausserhalb des Himmels vorgeht. Hier schaut der Führer

---

[1] Ein Argument, das sich in anderer Anwendung auch bei Aristoteles findet; d. θύραθεν desselben = Anfang.

der Führer der Seele bloss durch die Vernunft (νῷ)[1], das Farblose, Gestaltlose, Unantastbare, die wahrhaft seienden Wesen (das Geistige, die Ideen); hier ist der Ort der wahren Wissenschaft.

Da sich das Denken Gottes (bei Plato διάνοια) von der reinen Vernunft und Erkenntniss nährt, so freut sich jede Seele, das Seiende eine Zeit lang zu erblicken und kehrt dann nach der Umfahrt an ihre vorige Stelle zurück (Präexistenz).

Wenn eine Seele nicht bis zur höchsten Schauung gelangt und sie ihr Gefieder verliert (die Ideen), so ist ihr bestimmt, in eine andere Natur eingesenkt zu werden, die im Himmel am meisten (die Wahrheit) geschaut hat, kommt in einen Mann, der Freund der Weisheit wird, die zweite in einen gesetzliebenden König, .. die vierte in einen — Lehrer der Leibesübungen, .. die sechste (erst?) in einen Dichter &c. &c. dorthin, woher jede gekommen, gelangt sie erst wieder in 10,000 Jahren. Nur die Seele, die ohne Trug philosophirt hat, kann im dritten Jahrtausend zurückkehren; die andern aber kommen nach ihrem ersten Leben vor Gericht — und werden in unterirdische Straforte verbannt, oder führen im Himmel das Leben so fort wie hier.

Nach tausend Jahren tritt eine Wanderung ein, wie es scheint auch der Thierseelen, denn eine Seele, die nie die Wahrheit gesehen hat, also ursprünglich keine menschliche, kann nie diese (die Menschengestalt) annehmen. Der Mensch muss nemlich durch das Denken die vielen Wahrnehmungen in Eins zusammenfassen, nach Begriffen (κατ' εἶδος) erkennen, und dieses ist die Erinnerung

---

[1] Das θεωρεῖν des Aristoteles.

dessen, was unsere Seele bei der Begleitung des
Gottes gesehen hat, indem sie das überblickend, was
wir jetzt das wahrhaft Seiende nennen, zu dem wahrhaft
Seienden sich zurückwandte. Daher wird auch nur des
Philosophen Denken (διάνοια) mit Recht befiedert,
er ist immer bei dem, was göttlich macht, bei der Wahrheit und den Ideen, wovon sich die Götter nähren.

Im Menon sucht Plato die Unsterblichkeit der Seele
aus der Natur des mathematischen und philosophischen Lernens, welches nur durch die Annahme
einer Wiedererinnerung an die in der Präexistenz intellectuell
angeschauten Ideen seine zureichende Erklärung finden [1]).

In der „Republik“ (X. B.) gründet Plato seinen Beweis
auf das Nichtzerstörtwerden der Lebendigkeit
der Seele durch die moralische Schlechtigkeit,
welche doch das der Seele eigenthümliche Uebel sei, so
dass wohl auch nichts Anderes ihren Untergang verursachen
könne;

---

[1]) Aristoteles ist bekanntlich mit dieser Annahme nicht einverstanden.
Der Inhalt dieses Dialogs ist: Menon soll einen Begriff von der Tugend
aufstellen, er entwickelt denselben einigermassen, von Sokrates gefragt;
da aber Menon ganz verwirrt, nicht weiter kann und alles Suchen nach
dem, was man gar nicht weiss, für unmöglich erklärt, so sucht ihm
Sokrates diess durch den Satz zu widerlegen, dass das Lernen nur
Erinnern sei, was er durch ein Beispiel an einem Sclaven darthut,
der von ihm gefragte Sclave, welcher in Folge des Fragens mathema-
tische Sätze auffindet, muss nun aber, was er in sich hat und weiss,
entweder einmal erhalten oder immer gehabt haben. Hat er es immer
gehabt, so muss er es immer gewusst haben; wenn er es aber erhalten
hat, so müsste es Menon (in dessen Hause der Sclave geboren und
erzogen) wissen. Also ehe der Mensch geworden, hat er das gelernt
und immer ist seine Seele eine belehrte gewesen. Wenn aber die Wahrheit in der Seele immer war, so muss sie auch immer darin sein —
ergo ist die Seele unsterblich.

Im Timaeus auf die Güte Gottes, der, obwohl die
Seele als ein Gewordenes ihrer Natur nach auch wiederum
lösbar sei; doch nicht das schon Gefügte wiederum auflösen wollen könne;

Im „Phaedon" endlich theils auf das subjective
Verhalten des Philosophen, dessen Streben nach
Erkenntniss ein Streben nach leibloser Existenz, also ein
Strebenwollen sei, theils auf eine Reihe objectiver
Argumente.

Das erste dieser Argumente stützt sich auf das kosmo-
logische Gesetz des Uebergangs der Gegensätze in einander,
wornach, wie die Lebenden zu Todten werden, so die Todten
wieder zu Lebenden werden müssen; das zweite auf die
Natur des Wissens als einer Wiedererinnerung (wie im
Menon); das dritte auf die Verwandtschaft der Seele als
eines unsichtbaren Wesens mit den Ideen als unsichtbaren,
einfachen und unzerstörbaren Objecten; das vierte gegenüber dem Einwand (des Simias), dass die Seele vielleicht
nur die Resultante und gleichsam Harmonie der körperlichen
Elemente sei, theils auf die bereits erwiesene Präexistenz
der Seele, theils auf ihre Befähigung zur Herrschaft über
den Leib, und auf ihre substantielle Daseinsweise, wonach,
während eine Harmonie mehr Harmonie sein könne als eine
andere, eine Seele nicht mehr und nicht weniger sei als jede
andere, und die Seele die Harmonie als Eigenschaft an sich
tragen könne, sofern sie tugendhaft sei; das fünfte und
von Plato selbst für entscheidend gehaltene Argument endlich, gegenüber dem Einwand (des Kebes), dass
die Seele vielleicht den Leib überdaure, aber doch nicht
schlechthin zerstörbar sei, auf die unaufhebbare, im Wesen
der Seele liegende Gemeinschaft derselben mit der
Idee des Lebens, so dass die Seele niemals leblos sein
könne, eine todte Seele ein Widerspruch sei, mithin Unsterblichkeit und Unvergänglichkeit ihr zukomme (wobei

supponirt wird, dass dasjenige, was, so lange es besteht, seinem Wesen nach nicht todt ist, noch todt sein kann, auch niemals aufhören könne, zu bestehen[1]).

Alle diese Beweise kennt Aristoteles nicht, ja ihre Voraussetzungen lassen sich mit seinen Principien nicht vereinigen.

Aber Aristoteles glaubt wie Plato, sein Lehrer, an die Unsterblichkeit — wie sollte auch ein Mann von so reinem moralischem Bewusstsein, von so ungetrübtem Geistesauge, von so ungemeiner wissenschaftlicher Begabung einer Wahrheit sich widersetzen, die er allgemein angenommen und in sein eigenes Innere geschrieben sieht? Oder hätte Aristoteles, der grosse intuitive Geist, der in die Intuition (in's θεωρεῖν) die Glückseligkeit des einstigen Daseins setzt, — in sich jene Wahrheit und Idee nicht entdecken sollen, die mit unauslöschlichen Zügen in uns geschrieben steht? Aristoteles war es, der das Bewusstsein von der einstigen Fortdauer des Geistes, dessen Natur er rein und erhaben fasste, zur wissenschaftlichen Ueberzeugung erhoben — die Unsterblichkeit der Seele nicht bloss geglaubt hat, sich derselben bewusst war, — sondern sie philosophisch erklärt und bewiesen hat! Diess erhellt aus seiner Gotteslehre und Psychologie.

---

[1]) Diese Supposition knüpft sich sprachlich an den Doppelgebrauch von ἀθάνατος a) im Sinne, den der Zusammenhang der Argumentation begründet, — nicht todt; b) in dem Sinne, der dem Sprachgebrauche entspricht: unsterblich.

Die Gotteslehre des Aristoteles.

~~~~~~

Der Standpunkt des Aristoteles und sein Verhältniss zu Plato.

Die Gotteslehre des Stagiriten käme uns nicht zum vollen Verständniss, wenn wir uns nicht zuvor den philosophischen Standpunkt desselben, von wo aus der Philosoph dieselbe behandelt, klar gemacht hätten, wenn wir nicht zuvor über die Fundamente im Reinen wären, auf denen Aristoteles seine Gotteslehre erbaute. Selbstverständlich trägt zu dieser Klärung die Betrachtung des Verhältnisses zwischen aristotelischer und platonischer Philosophie wesentlich bei.

Die Eigenthümlichkeit und Richtung des aristotelischen Systems ist durch die Verschmelzung zweier Elemente bedingt; des dialektisch-speculativen und des empirisch-realistischen. Beide Züge sind gleich sehr in der geistigen Anlage seines Stifters gegründet, dessen Grösse eben auf dieser seltenen Vereinigung dessen beruht, was in den meisten Menschen sich ausschliesst, auf der gleichmässigen Entwicklung des philosophischen Denkens und einer dem Thatsächlichen mit lebendiger Empfänglichkeit zugewendeten Beobachtungsgabe.

In der sokratisch-platonischen Schule hatte der Sinn für die Thatsachen mit der Kunst der Begriffsentwicklung lange nicht gleichen Schritt gehalten. Dem Jnneren des Menschen ungleich mehr als der Aussenwelt zugekehrt, hatte sie auch die Quelle der Wahrheit unmittelbar in unserem Denken gesucht. Der Folgesatz dieser Ueberzeugung ist die platonische Ideenlehre.

Aristoteles theilt zwar die allgemeinen Voraussetzungen dieser Begriffsphilosophie, auch er ist überzeugt, dass das

Wesen der Dinge nur durch's Denken erkannt werde und nur
in dem bestehe, was Gegenstand unseres Denkens ist, in der
Form, nicht im Stoffe. Aber die Jenseitigkeit der platonischen Ideen gibt ihm gerichten Anstoss: er kann sich die
Form und das Wesen von den Dingen, deren Form und
Wesen sie sind, nicht getrennt denken. Und indem er
weiter erwägt, dass uns auch unsere Begriffe nicht unabhängig von der Erfahrung entstehen, kann er die Unrich-
tigkeit der platonischen Trennung von Idee und Erscheinung
um so weniger bezweifeln. An die Stelle der Ideenlehre
treten daher bei ihm wesentlich neue Bestimmungen: Nicht
die Gattung, sondern das Einzelwesen ist nach Aristoteles
das Substantielle, die Formen sind nicht das Allgemeine
ausser den Dingen, sondern als die eigenthümlichen Formen dieser bestimmten Dinge in ihnen. So wird zwar die
allgemeine Grundlage des platonischen Idealismus festgehalten, aber die nähere Bestimmtheit, welche er in der
Ideenlehre erhält, aufgegeben. Die aristotelische Lehre kann
insofern gleichsehr als die Vollendung und als die Wider-
legung der platonischen bezeichnet werden: sie widerlegt
dieselbe in der Fassung, welche ihr Plato gegeben hatte,
aber ihren Grundgedanken führt sie noch reiner und vollständiger als Plato selbst durch, denn sie legt der Form
nicht bloss mit Plato die ursprüngliche und vollkommene
Wirklichkeit, sondern auch die schöpferische Kraft bei, alle
Wirklichkeit ausser sich zu erzeugen, und sie verfolgt diese
ihre Wirksamkeit weit tiefer, als diess Plato vermocht hatte,
durch das ganze Gebiet der Erscheinung [1].

Besser und bündiger als Zeller (II. 2. p. 631 ff.) den
allgemeinen Standpunkt des Aristoteles und sein Verhältniss
zu Plato geschildert hat, hätten wir es nicht vermocht.
Im Allgemeinen ist seine Hegel'sche Auffassung störend.

---

[1] Cf. Fr. Schlegel, Lit.-Gesch. I. 100 ff.

Das Systematisiren des Aristoteles geht nicht anders als auf Kosten des Philosophen selbst. Ueberhaupt wollten wir uns ein Urtheil über den Gesammtinhalt des aristotelischen Systems nicht erlauben.

Wenn nun aber Zeller an diese Schilderung die Behauptung anknüpft: „Aus diesem Standpunkte sind alle Grunbestimmungen der aristotelischen Lehre folgerichtig hervorgegangen", so dürfte diess einige Beschränkung erleiden. Diess wird gerade aus der Anwendung der aristotelischen Lehre von Form und Potenz auf die Gotteslehre erhellen[1]), sowie aus der auf die Psychologie bezüglich des Zweckprincips.

Es wird gesagt, weil jede Bewegung von der Form ausgeht[2]), strebt jede zu einer Formbestimmung als ihrem Ziele hin; es ist nichts in der Natur, was nicht seinen ihm innewohnenden Zweck hätte; und weil alle Bewegung auf Ein erstes Bewegtes zurückführt, ordnet sich die Gesammtheit der Dinge Einem höchsten Zwecke unter, sie bildet ein innerlich zusammenhängendes Ganzes, Eine Welt.

Es erscheint uns räthselhaft, dass Zeller in der Darstellung der aristotelischen Psychologie diesen Zusammenhang der Dinge durch das Zweckprinzip nicht durchführt bis zum äussersten Punkte. Er sieht noch, dass die Seele Zweck des Leibes (sowie dessen Form) ist, die Vernunft (νοῦς) aber als Zweck der Seele (ψυχή) hinzustellen, unterlässt er, obgleich diess, wie wir später sehen werden, ganz einfach sich aus dem aristotelischen Systeme der Psychologie ergibt[3]).

---

[1]) Andere Widersprüche und unentwickelte Begriffe der aristotelischen Philosophie werden wir im Laufe der Untersuchung anführen.

[2]) Wenn auch Aristoteles selbst nicht Hand anlegte zu dieser Folgerung aus seinen Principien.

[3]) Wir finden auch diesen Gegensatz zwischen Geistigem und Materiellem bei Aristoteles, sehen uns aber nach aristotelischer Lehre nicht berechtigt, diesen Gegensatz bis zur Zusammenhangslosigkeit zu

Diese Möglichkeit will Zeller nicht sehen; er hebt vielmehr den grossen Gegensatz zwischen der Vernunft und der Psyche mit aller Schärfe hervor und wendet möglichsten Fleiss an, die grosse Kluft zwischen beiden recht deutlich zu machen.

Zeller, seiner gegebenen Bestimmung, Alles aus den Grundprincipien bei Aristoteles abzuleiten und zu erkennen, selbst untreu in der Darstellung der aristotelischen Psychologie lässt uns ganz allein, wenn wir in der Gotteslehre den von ihm betonten Standpunkt suchen. Dieser Standpunkt scheint uns von Aristoteles in der Gotteslehre theilweise verändert, theilweise verlassen. Zeller (II. 2. p. 634) sieht sich zu der Bemerkung genöthigt: „Von der Gesammtheit der mit dem Stoffe verwickelten Formen unterscheidet sich das erste Bewegende oder die Gottheit, als die reine Form, die reine nur sich selbst denkende Vernunft [1]).

Das oberste Prinzip von Stoff und Form, Potenz und Actualität ist hier plötzlich vergessen. Gott erscheint in der Welt nicht wirksam, wie diess bei Plato einigermassen der Fall ist; nur eine gewisse Sollicitation, wie Döllinger sich ausdrückt, findet statt; was das Zweckprinzip betrifft, so sind Gott und Welt nicht direct durch dieses verbunden, kurz wir können den erwähnten Standpunkt nicht entdecken, aus dem alle Grundbestimmungen der aristotelischen Lehre folgerichtig hervorgehen sollen, und bleiben getrost bei der Ueberzeugung, dass Aristoteles selbst nicht die Absicht hatte, alle Punkte seiner

---

steigern. Wir bemerken schon hier: Eine organische Einheit der Theile des menschlichen Wesens ist bei Aristoteles nicht anzunehmen, aber eine äussere Verbindung durch das Zweckprincip findet statt. Die Theorie ist gerettet, die Realität bleibt unerklärt.

[1]) Hiemit ist eben von Aristoteles ein neuer Begriff von Form aufgestellt, es ist da eine Form, die nicht wirkt, sich nicht verwirklicht, der Pantheismus ist vermieden.

Lehre streng systematisch zu einigen, vielmehr finden wir,
dass dieser Philosoph da, wo angenommene Prinzipien nicht
ausreichten, neue acceptirte und mit Hilfe dieser das Problem zu lösen suchte; die Genialität seiner Philosophie im
Ganzen, da sie doch aus Einem Gusse ist, bleibt unangefochten.

Der aristotelische Theismus.

Der aristotelische Gottesbegriff, zumeist aus der Metaphysik hervorgegangen, ist reiner als der platonische, mannigfach von diesem verschieden.

Aristoteles, die platonische Ideenlehre mit ihren Folgen
verwerfend, verlegte die Formen, die in der Natur verkörpert
erscheinen, in diese selbst, sie sind nicht von Gott in die
Natur gelegt, deren eigentliches Wesen sie vielmehr ausmachen, die aber allerdings, um die Fülle der potentiel
in ihr liegenden Fruchtkeime in leibliche Gestaltung aus-
zugebären, einer Anregung oder Sollicitation durch ein
anderes Wesen bedarf. Denn in sich ist die Welt unvollkommen und mangelhaft, sie darbt; zwar ist sie die ewige
Geburtsstätte, die Trägerin und Behälterin aller materialen
Formen, aber diese müssen durch ein über ihr stehendes
Wesen erst aus ihr hervorgelockt werden. Dieses Wesen,
diese oberste Ursache, von der Alles geträumt, die aber
bisher Niemand recht erkannt hat (de gen. et corr. II. 9),
ist Gott.

Er ist das höchste Gut, welches durch sein blosses
Dasein die Natur sollicitirt, d. h. als den universellen Gegenstand des Verlangens, der Liebe, jegliches Wesen, dem
die Erregbarkeit innewohnt, reizt und dadurch in die ihm
angemessene Bewegung und Entwickelung zur Ausgestaltung
seines Inneren versetzt. Er hat zwar die Welt, die von
Ewigkeit ist, weder geschaffen, noch gebildet, er bedarf
ihrer auch nicht, aber er ist doch der Abschluss und das

Endziel der Welt, das Object ihres Trachtens und Strebens und gehört insofern auch zu ihr (de coelo II. 10—12; Phys. VIII. 6—10) [1]).

Nehmen wir auch hier Rücksicht auf Plato, so finden wir zwischen dem Gott Plato's und dem des Stagiriten einen wesentlichen Unterschied. Platon's Gott ist eine intelligente Kraft, welche die Welt kennt, und gestaltend, ordnend und erhaltend auf sie einwirkt; die erste Ursache des Aristoteles aber ist reine Intelligenz ohne Kraft [2]), eine ewige, stets thätige, einfache, unendliche und unkörperliche Substanz, die mehr der Weltseele Plato's, als dessen Demiurg entspricht (Phys. 38, 10; Met. X. 7).

Kurz, Aristoteles fasst das Verhältniss Gottes zur Welt nicht wie Plato als das eines Künstlers oder Baumeisters oder höchsten Bildners, sondern als das eines letzten Zieles, einer Finalursache [3]).

---

[1]) Döllinger, Heidenth. p. 305 sq. Wenden wir den aristotelischen Satz: „Als das Erste von Allem existirt ein alles Bewegendes" (Met. XII. 4.) streng an auf das Verhältniss Gottes zur Welt, so bekommt die Gotteslehre unseres Philosophen eine pantheistische Färbung. Die Bemerkung Kyms (p. 20): „Der Inhalt des göttlichen Denkens ist der objective Gedanke, welcher das Wesen der Welt bildet", gilt nur in dem Sinne, dass in der Welt eine Idee sich verwirklicht unabhängig von dem Denken Gottes und seiner Einwirkung; Gott ist eine Form, die nicht wirkt, in diesem Sinne. Pantheistische Anklänge finden sich in Eth. Eudem. VIII. 2: „Die Frage ist, was in der Seele der Anfang der Bewegung." Offenbar nun ist, wie im Ganzen der Welt, so auch in ihr, Gott der Anfang; denn das Göttliche in uns ist es gewissermassen, was Alles in Bewegung setzt.

[2]) Diesem göttlichen νοῦς analog ist der menschliche (als reine Intelligenz) von Aristoteles bestimmt.

[3]) Obgleich de mundo ad Alex. VI. (Didot) Aristoteles sagt: „Was in einem Schiffe der Steuermann, was auf einem Wagen der Lenker, was bei einem Chore der Vorsänger, was endlich in einem Staate das Gesetz und in einem Heere der Feldherr — das ist Gott in der Welt."

Gott an sich, immaterieller Natur, ist nur ein einziger, aber auch ein einsamer Gott[1]). Wäre die Welt nicht, so würde er noch immer das sein, was er ist, und so, wie er es ist.

Seine Action beginnt und endet in ihm; er denkt, aber er denkt nur das schlechthin Vollkommene, Gute und Schöne, also nur sich selbst[2]).

In dieser Selbstschauung ist Gott selig (Met. XII. 7)[3]).

Gott ist als nicht eine unthätige Idee, ein in Ruhe versenktes Wesen, sondern ewig thätig, aber die Thätigkeit beruht nur im Denken seiner selbst[4]).

---

[1]) Ueber ἀΐδιος, εἷς, κράτιστος θεός cf. Arist. lib. de Melisso apud Mullach. Fragm. p. 277—292.

[2]) Die absolute Intelligenz kommt dem absolut Besten zu. In der Gottheit ist Leben, denn der Intelligenz Thätigkeit ist Leben und die Intelligenz ist Thätigkeit. Reine absolute Thätigkeit ist ihr bestes und ewiges Leben. So sagen wir also, dass Gott sei ein lebendiges, ewiges, bestes Wesen. Leben kommt ihm zu und stetige, ewige Dauer, denn das ist das Wesen der Gottheit (Met. XII. 7, 13—18).

[3]) Kühne p. 13: Weil der νοῦς auf seine eigene Kraft gestützt und frei von äusserem Einfluss zur Erkenntniss seiner selbst gelangt (Met. XII.), so hat ihn Aristoteles als Quelle höchster Glückseligkeit aufgefasst (Eth. Nic. X. 7) und Gott selbst als νόησις νοήσεως (Met. XII. 9): αὐτὸν ἄρα {νοῦς} νοεῖ, εἴπερ ἐστί τὸ κράτιστον καὶ ἐστιν ἡ νόησις νοήσεως.

Bekanntlich theilt Aristoteles dieses θεωρεῖν, diese pure Intuition der Prinzipien, auch dem menschlichen νοῦς zu, lässt ein Erinnern und Festhalten des vermittelten Wissens aber nach dem Tode in der jenseitigen Fortdauer des νοῦς nicht zu, ohne zu erklären, wie diess möglich sei. Trendelenburg in s. Comment. findet die Sache leicht, er sagt: Si mens est dum sua ipsius natura i. e. facultate cogitandi privatur, in punctum quasi contrahitur mens alioquin in rerum universitatem exspatiens. Adeo perit, dum servatur. At nobilis quaedam inest pertinacia, ut quidquid obstat ex materiae periculis animam conserves incolumem.

[4]) Mehrere Commentatoren des Aristoteles wollen demselben eine Vorsehung zuschreiben, insofern nach ihm Gott die Welt durch Ver-

Wie das animalische Leben das der Sensation, das
menschliche das praktisch-sociale ist, so ist das göttliche
Leben das der Intelligenz in der stets gleichen Thätigkeit
ihrer einsamen Selbstbetrachtung, von der eben, weil sie
Thätigkeit ist, Vergnügen, Wonne unzertrennlich ist (Eth.
Nic. X. 8; VII. 14; Met. XII. 8). Von der Höhe dieser
reinen Thätigkeit kann der göttliche Geist nicht herabsteigen zu den Einzelwesen, kann das Object seines Denkens
nicht wechseln, überhaupt nichts discursiv denken, ohne
selbst dem Wechsel anheimzufallen, ohne vom Besseren
zum Schlechteren sich zu wenden (Met. XII. 11). Er wirkt
also zwar auf die Welt, aber ohne sie zu kennen: wie der
Magnet auf das Eisen, und seine Action auf die Welt ist
keine freiwollende. Würde Gott die Welt kennen, so kennte
er auch das Böse in ihr, damit hätte er aber eine befleckende,
den Erkennenden erniedrigende Erkenntniss.... Aristoteles

---

wirklichung seiner eigenen d. h. der zu seinem Wesen gehörigen Ideen
hervorbringe und so, indem er sich selbst schaue, zugleich die Welt
kenne; wir erinnern, dass Aristoteles (Met. XII. Phys. VIII.) die platonische Ideenlehre bestreitet.

Auch Kym (p. 15 ff.) scheint uns in Aristoteles zuviel hineinzutragen,
wenn er sagt: „Allerdings ist nach Ar. als Geist und immaterielles Wesen
über der sinnlich gegebenen Welt, zugleich aber bildet er den schöpferi-
schen Begriff jeder, selbst der speciellsten Entwicklung innerhalb der
Welt, so dass diese — wenn hier mitten im Logischen ein Bild gestattet wäre — keinen Schritt vorwärts thun darf, ohne auf ihn zu
blicken. Gott ist der schöpferische Begriff der Welt, der aber als solcher nicht bloss formet, sondern die Welt zugleich dem Wesen und der
Substanz nach schafft ... Es erscheint in letzter Linie die Materie wohl
als eine Aeusserung des göttlichen Geistes, als ein Product desselben, ...
aber in dieser Aeusserung entfremdet sich der göttliche Geist keineswegs, sondern gibt sich selbst nur eine solche Gestalt, um darin die
nothwendige Bedingung zu haben für das zeitlich räumliche Universum;
es erscheint somit die Materie lediglich als das aus der Voraussetzung
des Universums Nothwendige. Diesen Umsatz des Geistes in der Materie
zeigt uns Ar. freilich nicht" &c. &c.

vergleicht die Action Gottes auf die Welt mit dem Ein-
flusse, welchen der geliebte Gegenstand auf den Liebenden
hervorbringt. Nicht durch einen mechanischen Anstoss kann
Gott, der selbst absolut unbeweglich ist, die Welt bewegen,
sondern nur so, wie das Schöne und Gute die Seele, wie
der Gegenstand der Begierde den Begehrenden bewegt [1]).

Mit den Fragen über Gottes Güte, Gerechtigkeit, Freiheit, über sein Verhalten zum Uebel und zum Bösen in der
Welt hat Aristoteles sich nicht beschäftigt; grossentheils
haben diese Fragen für ihn keine Bedeutung, Aristoteles
hat nämlich, so weit er diesen Begriff entwickelt,
einen unvollkommenen Begriff von der Persönlichkeit Gottes [2]).

Schliesslich können wir nicht umhin, auf die Berührungspunkte hinzuweisen, welche sich zwischen der aristotelischen
Gotteslehre und der christlichen Gotteslehre finden.

Fundamentaler Berührungspunkt ist nun der, dass nach
Aristoteles der Gedanke das Erste ist im Grunde der Dinge
und die gesammte Welt vom Geiste beherrscht wird [3]).

Dadurch gewinnt er den vollendeten Monotheismus dem
Polytheismus gegenüber, denn nur die Einheit ist eine in
sich selbst bewusste und zugleich vollkommene, deren Substanz der Gedanke ist; dadurch überwindet er das griechische Fatum in seiner Härte, denn mit der Nothwendigkeit,
welche in der Vernunft ruht und gedankenmässig sich bewegt, vermag der freie Menschengeist sich zu versöhnen
(Kym p. 27). Fassen wir den Persönlichkeitsbegriff in's

---

[1]) De gen. et corr. I. 6; Met. XII. 7. Aristoteles findet aber in Gott
selbst das Prinzip der Liebe nicht thätig, dieses verträgt sich nach ihm
nicht mit dem Unbewegten, wie Kym (p. 29) bemerkt.

[2]) Aber der Anschauung von einer allgemeinen Naturkraft, einer
materialistischen oder pantheistischen Auffassung Gottes ist Aristoteles
ferne.

[3]) Durch das νοεῖν ist der Mensch μάλιστα ἄνθρωπος.

Auge, so ist der Werth und die hohe Bedeutung der menschlichen Persönlichkeit, wie sie das Christenthum feststellt, nur ein consequenter Ausfluss der Kindschaft [1]).

Der Werth der Persönlichkeit nämlich ruht auf dem innigen Verhältnisse des Menschen zu Gott. Hieraus ergibt sich eine tiefere Fassung des Bösen, sowie ein Begriff, den wir bei Aristoteles nicht finden — der des Gewissens (Kym p. 32).

Kym findet (ibid.) für die Kindschaft des Menschen im Christenthume in Aristoteles ein Analogon im νοῦς, welcher als das Beste im Menschen göttlichen Ursprungs ist: die tiefste Seite des menschlichen Verstandes, die sogenannte thätige, schöpferische Vernunft ist gleichen Wesens mit dem göttlichen Geiste; ja, wie er in den Höhen der Wissenschaft und Kunst erscheint, ist er unmittelbar der Geist Gottes selbst in voller Reinheit. Das Christenthum fasst das Verhältniss des Menschen zu Gott vermöge des Begriffs der Kindschaft viel weiter und intensiver, es fasst dieses Verhältniss absolut, d. h. der ganze Mensch ist mit Gott verbunden. Aristoteles dagegen der Logiker ist einseitig, denn wesentlich nur durch die theoretische Function, durch die des Denkens in der höchsten und intensivsten Gestalt, in der Gestalt des philosophischen Begriffs verbindet er den Menschen mit Gott. Das gesammte übrige Gemüth, dargestellt durch den leidenden Verstand (νοῦς παθητικός) bleibt streng genommen vom göttlichen Connex ausgeschlossen [2]).

Auch die Versöhnung, sagt Kym (33), hat Aristoteles in seiner Weise. Die wahre Weisheit nämlich, wie das

---

[1]) Die Unsterblichkeit der Person Christi ist der Grund unserer Unsterblichkeit.

[2]) Das theoretische Moment tritt im Christenthume zurück; diess beweist die ganze Erscheinung Christi: nicht in der Lehre hat diese ihr Centrum, sondern in der That, welche in der Opferthat gipfelt.

energische Denken sie erringt, schützt den Menschen gegen das Laster, und die Tugend, welche das Wissen zu einer ihrer Bedingungen hat, ist die eigentlich errettende Macht im Leben. Der philosophische Gedanke ist es, welcher das Göttliche, das der Mensch in sich trägt, zur vollen Entfaltung bringt, durch ihn lebt er mitten im Diesseits das ewige Leben. Dieses innige Verknüpfen des Menschen mit Gott und dadurch die Versöhnung ist nun aber bei Aristoteles lediglich ein Denkact. Indem der erkennende Geist des Menschen das Göttliche erfasst und in sich entwickelt, vollzieht er die Versöhnung und Erlösung, aber das Verhältniss des Menschen zu Gott ist dabei wesentlich nur ein intellectuelles, theoretisches.

Aristotelische Psychologie im Allgemeinen.

Viele Wunder füllen den Erdkreis, wunderbarer keines als der Mensch (Lotze Micr. II. 135). Der Mensch ist nämlich eine organische Einheit und das menschliche Leben nach unserer jetzigen Auffassung ein Microcosmus im Macrocosmus, sowohl weil die materiellen Bestandtheile des menschlichen Leibes die Grundstoffe der ganzen Natur im Auszuge enthalten, als auch weil alle Gebilde der Natur vollkommen und im schönsten Einklange wunderbar in ihm existiren.

Bei Aristoteles finden wir eine ähnliche Auffassung des Menschen, aber vom metaphysischen Standpunkte [1]); ihm bestand das wahre Wesen jeden Dinges in seiner Form und das Wesen alles Gewordenen in seinem Zwecke, und diess galt ihm auch, ja besonders, von den lebenden Wesen. Jedes lebende Wesen war nach seiner Anschauung eine kleine

---

[1]) Die Lösung des Körpers in seine chemischen Bestandtheile kannte Aristoteles nicht, wie wir.

Welt, ein Ganzes, dessen Theile dem Zwecke des Ganzen
als Werkzeuge zu dienen haben [1]).

Aristoteles erkannte wohl, dass der Mensch ein Organismus ist und nebst den Pflanzen und Thieren zu Einer
Klasse von Naturwesen gehört, die den unorganischen Kör-
pern, als der anderen Klasse, gegenüberstehen, weil sie
sich von ihnen durch eigenthümliche Erscheinungen, Orga-
nisation und Leben unterscheiden [2]).

Aristoteles war es ja, der die Stufenreihe der Wesen
von den niederen zu den höheren aufsteigend so klar entwickelte [3]) und geradezu den Ausspruch that: die Seele ist

---

[1]) Phys. VIII. 2: εἰ δ᾽ἐν ζώῳ τοῦτο δυνατόν γενέσθαι, τί κωλύει τὸ αὐτὸ
συμβῆναι καὶ κατὰ τὸ πᾶν, εἰ γὰρ ἐν μικρῷ κόσμῳ γίνεται καὶ ἐν μεγάλῳ. Cf.
de an. III. 8, wo Artstoteles die menschliche Seele ebenfalls als Microcosmus bezeichnet, da sie alle Kräfte der anderen Wesen in sich ver-
einigt.

[2]) Alex. Aphrodis. fol. XVIII; ἄλλης λέξεως τοῦ δευτέρου περὶ ψυχῆς
ἐξήγησις· Τὸ γὰρ ὀργανικὸν σῶμα, ἐν ᾧ ἐστιν ἡ ψυχὴ παρὰ τῆς ψυχῆς
ἔχει τὸ ὀργανικὸν εἶναι. καὶ οὕτε περὶ τοῦ ἔχειν τὴν ψυχὴν ὀργανικὸν
οὐκ ἂν εἴη ἐν αὐτῷ ὡς ἐν ὑποκειμένῳ· ἀλλὰ μὴν οὐκ ἐν ἄλλῳ τινί ἐστι σώματι,
ἢ ἐν τούτῳ. τὸ γὰρ σπέρμα δυνάμει ἔμψυχον τῷ δύνασθαι γενέσθαι τοιοῦτο
σῶμα. οὗ ἡ ψυχὴ πλειότητός ἐστι καὶ ᾧ τὸ εἶναι τοῦτο (τούτῳ) ὅ ἐστι παρὰ
τῆς ψυχῆς ἐστιν.

[3]) Hist. animal. VIII. Er entdeckt mit scharfem Auge eines For-
schers, dass die Thiere, welche nur Einen Mittelpunkt des organischen
Lebens haben, vollkommener sind, als die, welche mehrere besitzen
(part. an. IV. 5); ebenso sind die Pflanzen im Vergleich mit den Thieren
unvollendet (gen. an. III. 7); sie haben ein Seelenleben in der nieder-
sten Stufe (de an. II. 2; gen. an. II. 4), erst die allgemeine Grundlage
desselben; auch im scheinbar Unorganischen (in den Elementen) wird
von Aristoteles ein geringster Grad von Leben angenommen (gen. an.
III. 11); die Natur als Ganzes ist eine stufenweise Ueberwindung des
Stoffes durch die Form, eine innere vollständigere Entwicklung des Lebens.

So weit ist aber Aristoteles, der grosse Naturforscher, noch nicht
gekommen, dass er (wie Neuere) im Menschen bloss einen entwickelteren Affen entdeckte; auch war unser Philosoph nicht so einseitig, dass

das Prinzip der lebenden Wesen, sie unterscheiden sich von allen andern durch die Seele [1]..

Wenn wir als eigenthümliche und gemeinsame Merkmale der organischen Wesen aufstellen, das Ganze ist der bildende und erhaltende Grund der Theile, es verwirklicht sich in ihnen eine innere bildende Kraft, welche in einer constanten Gesetzmässigkeit bezüglich der Beschaffenheit der Materie, Grösse und Form sich manifestirt, so sagt Aristoteles dasselbe mit anderen Worten; nach ihm handelt

---

er das Wesen des Menschen überhaupt nur vom Standpunkte seines Zusammenhangs mit den übrigen Geschöpfen auffasste, eine Einseitigkeit, welche Lotze (Micr. II. 168) charakterisirt mit den Worten: „Es ist eine Pedanterie, zu meinen, den Menschen verstehe nur, wer zuvor das Infusorium, das Insect und den Frosch verstanden habe. Welche Kühnheit, diess zu sagen im Angesichte von Jahrtausenden menschlicher Geschichte, in deren langem Verlaufe alle Bedeutung des menschlichen Daseins in leidenschaftlichem Ringen ohne Zweifel tausendfach empfunden worden ist; und doch haben gewiss die Helden, die in den Streit zogen, sich dabei nicht als die obersten der Säugethiere gewusst, und die sinnenden Gemüther, deren Entdeckungen der Cultur neue Bahnen des Fortschritts öffneten, sind dabei nicht durch Reflexionen über die Weite des Abstandes geleitet worden, der in der Reihe der Thiere zwischen dem Menschen und irgend einem Reptile klafft." Lotze bezeichnet sodann die Kenntniss des Menschen als Kenntniss seiner Bestimmung, der Mittel, die ihm zu ihrer Erreichung gegeben sind, und bemerkt: „Hat es ausserdem ein Interesse, ihn und sein Leben zu vergleichen mit den Geschöpfen, die um ihn herum ihre eigenen Wege gehen, so ist doch diess eine Betrachtung von zu geringem Werth und Einfluss, um sie zur Grundlage jener wichtigeren zu machen."

Aristoteles hält, wie wir später mehr sehen werden, die Würde des Menschen so hoch, dass einer so einseitigen Auffassung des menschlichen Wesens, wie es die bloss naturhistorische ist, durchaus fernsteht.

[1] De an. I. 1: ἔστι γὰρ οἷον ἀρχὴ τῶν ζώων (ἡ ψυχή). Cf. II. 2. Die Definition des Aristoteles vom Leben = sich regen, d. h. von innen heraus sich bewegen (Phys. VIII. 4) findet sich auch bei Plato (Phaed.): ᾧ γὰρ ἔξωθεν τὸ κινεῖσθαι ἄψυχον· ᾧ δὲ ἔνδοθεν αὐτὸ ἐξ ἑαυτοῦ ἔμψυχον· S. Thom. Aqu. S. Th. I. qu. 18. art. 1. hat sie bloss entlehnt.

es sich beim Leibe nicht um seine einzelnen stofflichen
Bestandtheile, sondern wesentlich um die eigenthümliche
Verbindung dieser Theile, um die Form des Ganzen, dem
sie angehören [1]).

Aristoteles findet auch eine innere bildende Kraft, der
das Ganze seine Entstehung verdankt, diese Entstehung
lässt sich nicht bloss aus den elementarischen, im Stoff als
solchen wirkenden Kräften [2]), sondern nur aus der Wirkung
der Seele erklären; diese Eine Kraft, die Seele, bedient
sich jener Kräfte (der elementarischen) als ihrer Werkzeuge
zur Gestaltung des Stoffes (de gen. an. II. 4).

Wir sagen, die Lebenskraft als solche verwirkliche
einen Gedanken und bediene sich zu dieser Verwirklichung
gewisser Werkzeuge (Organe); Aristoteles nennt diesen Gedanken Zweck — die Einheit ist ihm durch den Zweck
geschaffen; organisch ist unserem Philosophen nur der Körper, dessen Theile auf einen bestimmten Zweck bezogen sind,
und einer bestimmten Thätigkeit als Werkzeuge dienen [3]).

Die Natur schafft nur die Organe, welche für den Zweck
jedes Organismus nöthig sind, und sie schafft dieselben in
der Aufeinanderfolge, die ihrer Bestimmung gemäss ist [4]).

Zuerst bildet die Natur diejenigen Theile, von denen
ursprünglich Leben und Wachsthum ausgeht (gen. an. II. 1),
hernach die übrigen Haupttheile des Organismus, bei dessen
Auflösung, was am wenigsten zum Leben entbehrt werden
kann, zuletzt erstirbt, das Entbehrlichere zuerst [5]).

---

[1]) Part. an. I. 5, wo Aristoteles von ὅλη μορφή, περὶ τῆς συνθήσεως
καὶ τῆς ὅλης οὐσίας redet.

[2]) Unser Philosoph ist gegen jede materialistische Auffassung.

[3]) De an. I. 1: τοιοῦτο δὲ (sc. δυνάμει ζωὴν ἔχον) ὃ ἂν ᾖ ὀργανικόν.

[4]) Gen. an. II. 6: ἐπεὶ δ'οὐδὲν ποιεῖ περίεργον οὐδὲ μάτην ἡ φύσις δῆλον
ὡς οὐδ'. ὕστερον οὐδὲ πρότερον. ἔσται γὰρ τὸ γεγονὸς μάτην ἢ περίεργον.

[5]) Nach Aristoteles ist das Herz Centralorgan, und stirbt als solches
zuletzt.

Was Aristoteles noch über die zweckmässige Beschaffenheit der Organe anführt, in seinen Schriften über Zoologie und Anthropologie, können wir nicht weiter in Untersuchung ziehen [1]).

Dass Leben jenes Kennzeichen ist, welches die organischen von den unorganischen Wesen unterscheidet, ist schon bemerkt worden; wollen wir nun das Leben der organischen Wesen selbst in's Auge fassen, so lassen sich drei eigenthümliche Merkmale wahrnehmen: die Erregbarkeit (i. e. Fähigkeit, Eindrücke zu erhalten) oder Receptivität, welcher die Spontaneität oder das Vermögen entgegenzuwirken entspricht; ferner die Periodicität, d. h. jene Eigenschaft des Lebens, in keinem Augenblick vollständig ausgeprägt, sondern in beständigem Flusse zu sein; endlich Lebenskraft oder eigentliche Seele d. i. die Verknüpfung der Einheit des Princips mit der Mannichfaltigkeit der Thätigkeiten. Aristoteles legt mehr Nachdruck auf das Bewegungsprincip; nach ihm besteht alles Leben in der Kraft der Selbstbewegung (de an. II. 1), in der Fähigkeit eines Wesens, durch sich selbst eine Veränderung in sich hervorzubringen,

---

[1]) In der neuesten Zeit wurden die naturhistorischen Schriften des Aristoteles von G. H. Lewes behandelt. Das Werk kam uns nicht mehr zur Hand; es ist in einer Uebersetzung vorhanden und führt den Titel: „Lewes, Aristoteles. Ein Abschnitt aus einer Geschichte der Wissenschaft nebst Analysen der naturwissenschaftlichen Schriften des Aristoteles" übersetzt von Carus. Leipzig 1865. Wie wir der Kritik (in Meyer's Ergänzungsblättern I. Bd. 12. Heft p. 705. Hildburgh. 1866) von Dühring entnehmen, scheint Aristoteles von Lewes nicht richtig beurtheilt zu sein. Unter Anderem heisst es: „Das Denkerthum und die Speculation, welche an der Hervorbringung der exacten Wissenschaften so grossen Antheil gehabt haben, werden von Lewes zwar nicht übersehen, aber nur ganz oberflächlich analysirt. Cf. „Natur", Zeitschr. zur Verbreitung naturwissenschaftl. Kenntniss von Ule u. Müller. Halle 1866. Nro. 22—23.

sollte sich auch diese, wie bei den Pflanzen, auf Ernährung, Wachsthum und Abnahme beschränken [1]).

Da die letzte unterste Form des Lebens (die ernährende Seele) in jeder Lebensstufe der Wesen vorkommt, so kann man sie als Grundmerkmal des Lebens ansehen [2]). Die Lebenskraft erscheint aber der Art und dem Grade nach verschieden: auf der untersten Stufe ist sie ganz im Materiellen befangen, sie dient zur äusseren Gestaltung desselben und manifestirt sich als das vegetative Leben der Pflanzen. Die Pflanzen, sagt Aristoteles, sind auf die Ernährung und Fortpflanzung beschränkt, es ist nur die ernährende Seele, die in ihnen wohnt [3]) und wirkt.

Auch die Erzeugung als eigenthümliche Thätigkeit der Pflanzenseele wird hervorgehoben [4]), und hingewiesen, dass

---

[1]) De an. II. 2: λέγωμεν οὖν ἀρχὴν λάβοντες τῆς σκέψεως διωρίσθαι τὸ ἔμψυχον τοῦ ἀψύχου τῷ ζῆν. Πλεοναχῶς δὲ τοῦ ζῆν λεγομένου, κἂν ἕν τι τούτων ὑπάρχῃ μόνον, ζῆν λέγομεν αὐτὸ, οἷον νοῦς, αἴσθησις, κίνησις καὶ στάσις ἡ κατὰ τόπον· ἔτι δὲ κίνησις ἡ κατὰ τροφὴν καὶ φθίσιν τε καὶ αὔξησιν· διὸ καὶ τὰ φυόμενα πάντα δοκεῖ ζῆν.

[2]) De an. II. 2: ζωὴν δὲ λέγομεν τὴν δι' αὐτοῦ τροφήν τε καὶ αὔξησιν καὶ φθίσιν· ἡ γὰρ θρεπτικὴ ψυχὴ καὶ τοῖς ἄλλοις ὑπάρχει καὶ πρώτη καὶ κοινοτάτη δύναμις ἐστι ψυχῆς καθ' ἣν ὑπάρχει τὸ ζῆν ἅπασιν, ἧς ἐστιν ἔργα γεννῆσθαι καὶ τροφῇ χρῆσθαι. Die eigentliche Anschauung des Aristoteles ist nach Zeller (II. 2. S. 370 Anmerk.) in den Worten de an. I. 2: τὸ ἔμψυχον δὴ τοῦ ἀψύχου δυοῖν μάλιστα διαφέρειν δοκεῖ, κινήσει τε καὶ τῷ αἰσθάνεσθαι.

[3]) De an. II. 3: ὑπάρχει δὲ τοῖς μὲν φυτοῖς τὸ θρεπτικὸν μόνον. Cf. de de an. II. 2. ἡ γὰρ θρεπτικὴ ψυχὴ καὶ τοῖς ἄλλοις ὑπάρχει καὶ πρώτη καὶ κοινοτάτη δύναμις ἐστι ψυχῆς καθ' ἣν ὑπάρχει τὸ ζῆν ἅπασιν.

[4]) Hist. an. VIII. 1; gen. I. 23. Seit Aristoteles haben sich (nach Delincourt s. Flücke I. 47) mehr als 262 Theorieen über das Zeugungsgeschäft ergeben, die sich auf zwei Hauptarten zurückführen lassen, die unter dem Namen Evolution und Epigenese (von den präformirten Keimen) bekannt sind. Blumenbach (üb. d. Bildungstrieb, Göttingen 1791, S. 13) erklärt sich gegen letztere Theorie und macht „den Bildungstrieb" geltend. In Aristoteles finden sich Andeutungen hierüber.

die ernährende und erzeugende Thätigkeit nur Eine Kraft sei, welche zuerst die Bildung, dann die Erhaltung des Körpers bewirkt [1].

Doch haben die Pflanzen keinen Einheitspunkt ihres Lebens (keine μεσότης); diess zeigt sich darin, dass sie grösstentheils fortleben, wenn sie zerschnitten werden.[2]), sie haben der Potenz nach mehrere Seelen (juv. et sen. II).

Auf der zweiten Stufe erscheint die Lebenskraft als animalisches Leben der Thiere; sie ist hier zur Innerlichkeit d. h. zum Selbstempfinden gelangt, obgleich sie in Abhängigkeit hievon den Leib beherrscht. Aristoteles nennt diejenigen Wesen, welche ausser dem ernährenden das empfindende Princip haben, Thiere (ζῶα)[3]); die Empfindung ist das allgemeinste Merkmal, wodurch sich die Thiere von den Pflanzen unterscheiden[4]).

Bei einem Theile der lebenden Wesen verbindet sich mit der Empfindung die Ortsbewegung, diese gehört auch noch der Thierseele an (de an. II. 3).

Auf der dritten Stufe endlich erscheint die Lebenskraft selbstständig, den Leib mit Selbstbestimmung und Selbstbewusstsein beherrschend — das psychische Leben des Menschen, welches jedoch das animalische und vegetative in sich enthält. Aristoteles nennt diese dritte und höchste Seelenkraft, die zur vegetativen und animalischen, oder nach

---

[1]) De an. II. 4; gen. an. II. 4: εἰ οὖν αὕτη ἐστὶν ἡ θρεπτικὴ ψυχή, αὕτη ἐστὶ καὶ ἡ γεννῶσα· καὶ τοῦτ' ἐστιν ἡ φύσις ἡ ἑκάστου ἐνυπάρχουσα καὶ ἐν φυτοῖς καὶ ἐν ζώοις πᾶσιν.

[2]) De an. I. 5; II. 2.

[3]) ζῶον heisst bei Platon auch sterbliches Wesen, bei Aristoteles kommt es in dieser Bedeutung nicht vor.

[4]) De an. II. 2: τὸ μὲν οὖν ζῆν διὰ τὴν ἀρχὴν ταύτην ὑπάρχει τοῖς ζῶσι; τὸ δὲ ζῶον διὰ τὴν αἴσθησιν πρώτως. καὶ γὰρ τὰ μὴ κινούμενα μηδ' ἀλλάττοντα τόπον, ἔχοντα δ' αἴσθησιν ζῶα λέγομεν καὶ οὐ ζῆν μόνον.

seiner Bezeichnung zur ernährenden und empfindenden Seele
hinzukommt, das Denken (νοῦς, διανοητικόν [1]).

Hiemit findet die Classification der lebenden Wesen
im Allgemeinen ihren Abschluss. Die angeführte Reihenfolge des Aristoteles beruht auf der Annahme desselben,
dass immer in dem Späteren das der Möglichkeit nach Frühere
enthalten ist. Zudem bemerkt der Philosoph, dass nur in
diesen Formen, in der angegebenen aufsteigenden Reihenfolge die Seele enthalten sei [2]).

Trotz dieser Verschiedenheit der Seelen (ψυχαί) hält
Aristoteles fest, dass „der Begriff der Seele ein einiger ist
auf dieselbe Art wie derjenige der mathematischen Figuren,
bei welchen es keine Figur gibt ohne das Dreieck und was
sich daran anknüpft. So gibt es keine Seele ohne die erwähnten Vermögen. Es kann aber auch bei den Figuren einen
gemeinschaftlichen Begriff geben, welcher für alle passen
könnte, keiner Figur aber besonders zukäme, ebenso auch
bei den erwähnten Seelen" [3]).

Hier sind wir an einem schwierigen Punkte der Untersuchung über den aristotelischen Begriff vom Wesen der
Seele angekommen: Einerseits hebt Aristoteles hervor, „die
Natur mache den Uebergang vom Leblosen zum Lebendigen
so allmählig, dass durch die Stetigkeit desselben die Grenzen
zwischen beiden und die Stellung der Mittelglieder unsicher
wird [4]), — er weist hin bezüglich der lebenden Wesen, dass

---

[1]) De an. II. 3: ἐνίοις δὲ πρὸς τούτοις (scil. θρεπτικόν, αἰσθητικόν) ὑπάρχει καὶ τὸ κατὰ τόπον κινητικόν, ἑτέροις δὲ καὶ τὸ διανοητικόν τε καὶ νοῦς,
οἷον ἀνθρώποις καὶ εἴ τι τοιοῦτόν ἐστιν ἕτερον, ἢ καὶ τιμιώτερον.

[2]) Aristoteles (de an. II. 3) detaillirt diess genauer und bemerkt
schliesslich, die höheren können nicht ohne die niederen Formen sein,
wohl aber diese ohne jene. Man muss demnach suchen, welches die
Seele eines jeden Wesens sei.

[3]) De an. II. 3. Cf. Trendelenburg, Comment. p. 348.

[4]) Cf. Zeller II. 2. p. 387.

das Seelenleben eine fortlaufende Entwicklungsreihe bilde, in der jede folgende Stufe die sämmtlichen vorangehenden in sich enthält, er bezeichnet sogar das Verhältniss dieser sogenannten Seelen (ψυχαί), wie sie z. B. im Menschen sind, als das des „Ineinanderseins" (ἐν ἀλλήλοις): die ernährende Seele soll in der empfindenden, diese in der vernünftigen enthalten sein, wie das Dreieck im Viereck, so dass demnach ein Thier z. B. in Wirklichkeit so wenig zwei Seelen hat, als ein Viereck zweierlei Figuren; er redet von einem allgemeinen Begriff (κοινὸς λόγος) in dieser Beziehung, wenn er ihn auch nicht näher entwickelt, wie ja Aristoteles überhaupt die Einheit der Seele gegenüber der Vielheit der Vermögen (ψυχαί) — wenn auch mehr als Plato doch unvollkommen — erklärt; — andererseits erscheint diese in der Darstellung angestrebte Einheit und behauptete innere Verbindung der Seelenvermögen gefährdet durch die Theorie des Aristoteles von der Vernunft (νοῦς), der den niederen Theilen der Seele fremd bleibt, was eine innere Verbindung betrifft[1]), so dass man füglich zwei geistige (oder immaterielle) Prinzipien im Menschen annehmen und sie nach ihrer Beschaffenheit und Thätigkeit als Leibseele (ψυχή) im engeren Sinne) und Geistseele (νοῦς Vernunft) bezeichnen kann; hieraus ergibt sich bei Aristoteles eine sogenannte Trichotomie oder Dreitheilung des menschlichen Wesens. Jedenfalls ist kein Anhaltspunkt gegeben, Leibseele und Geist als Eine Substanz, als Ein Princip zu setzen[2]).

---

[1]) Cf. Zeller II. 2. p. 387.

[2]) Cum nihil sit commune ipsis aut in generatione aut in loco aut in argumento aut in decremento nec principium habeant, a quo producantur. Themist. fol. 3.

Brandis schol. in Arist. Met. XII. 1. p. 799 col. 1: εἰ μηδεμία αὐτοῖς ἀρχὴ κοινή, ὅπερ ἴσον, ἐστὶ τῷ ἐπειδὴ οὐδαμῶς κατ' οὐδὲν ἡ αἰσθητὴ οὐσία κοινωνεῖ τῇ νοητῇ οὐδέ ἐστί, τις αὐτοῖς ἀρχὴ κοινή, οὐκ ἂν εἴη τῆς φυσικῆς τὸ περὶ αὐτῆς θεωρεῖν· ἡ μὲν οὖν τῶν λεγομένων διάνοια οἶμαι ὅτι τοιαύτη τίς ἐστιν.

Da der Unsterblichkeitsbegriff durch den Wesensbegriff
von Seele und Geist bedingt ist, oder da, mit andern Worten, untersucht werden soll, was fortbestehen soll und wie
dieses Etwas beschaffen ist, so kommen in genetischer Entwicklung die Fragen zur Beantwortung: über den Ursprung
und das Wesen der Seele und des Geistes, über die Einheit und Persönlichkeit, nachdem die Dreittheilung des
Menschen bei Aristoteles dargethan ist.

Erst wenn diese Fragen gelöst sind, ist eine Inter-
pretation der aristotelischen positiven Beweisstellen ermög-
licht und das Problem lösbar.

Aristotelische Psychologie im Besonderen.

Die Seele ($\psi v \chi \acute{\eta}$).

Der Ausdruck Seele ($\psi v \chi \acute{\eta}$) kommt bei Aristoteles
in zweifachem Sinne vor: das eine Mal heisst $\psi v \chi \acute{\eta}$ alles
Immaterielle im Menschen als Ganzes, dessen Einer Theil
die Vernunft ($vo\tilde{v}\varsigma$) ist (de an. III. 4; II. 2. cf. III. 9); das
andere Mal ist Seele ($\psi v \chi \acute{\eta}$) soviel als das belebende Princip des Körpers, jene Leibseele (oder Lebenskraft), die der
Mensch mit dem Thiere gemeinsam hat (de an. II. 3). Ob
dieser Unterschied ein bloss begrifflich erfasster, oder in
Wirklichkeit vorhanden anzusehen ist, d. h. ob ein wesent-
licher Unterschied zwischen $\varphi v \chi \acute{\eta}$ und Geist bei unserem
Philosophen anzunehmen ist, wird im Laufe der Unter-
suchung erhellen.

Die Bestimmung des Ursprungs der Seele lässt schon
vorausahnen, wie Aristoteles ihr Wesen auffassen werde.

Brandis sucht eben so wenig wie andere den Gegensatz zwischen
Materiellem und Geistigem, zwischen niederen und höheren Seelenvermögen bei Aristoteles auszugleichen, während Kym diess durchaus
anstrebt, und so dem Ar. Gewalt anthut.

Den Ursprung der ψυχή setzt er gleichzeitig und zusammen-
fallend mit dem des Leibes, Seele und Leib haben ihren
Ursprung im Samen (σπέρμα) und zwar die Seele in dem
des Mannes, der Leib in dem des Weibes (de gen. an.
II. 1; II. 3).

Bei der Erklärung des Wesens der ψυχή kann Aristoteles nicht umhin, die Ansichten seiner Vorgänger zu berücksichtigen, er führt dieselben zum Theil bloss an, zum Theil
zieht er sie in nähere Untersuchung, und befolgt so hier
wie in anderen Abhandlungen die historisch - empirische
Methode, die ihm eigenthümlich ist. Aber einverstanden
mit diesen Anschauungen ist Aritoteles nicht, er negirt sie
und tritt als Schöpfer einer ganz neuen Psychologie auf[1].

Die Seele ist im nicht Saame, wie Hippon meinte, nicht
Blut (Kritias), nicht Luft (Diogenes)[2]; nicht Ausdünstung
(ἀναθυμίασις, wie Heraclit behauptete), nicht aus kugelför-
migen Atomen, die sich bewegen, zusammengesetzt (Leucipp),
nicht aus allen Elementen bestehend (Empedocles), nicht
auch ein bloss Bewegendes (Anaxagoras), nicht eine sich
selbst bewegende Zahl (Xenocrates, Pythagoras, Plato?),
sie ist kein feintheiliger Körper (de an. I. 5). Aristoteles

---

[1] Er ist sich dessen wohl bewusst, wenn er den früheren Philosophen, besonders den Physikern (Demokrit &c.) den Vorwurf macht,
dass sie die allgemeinen Prinzipien der Seele, wie es auch in der
Thierseele sich findet, nicht berücksichtigt haben: „gerade diejenigen,
welche von der Seele sprechen und Untersuchung darüber anstellen,
scheinen nur die menschliche Seele im Auge zu haben." Schon an der
Stellung der Fragen: ob die Seele ein Einzelnes oder ein Wesen, theil-
bar oder untheilbar, gleichartig oder der Art und Gattung nach verschieden sei (de an. I. 1), erkennt man, wie tief Aristoteles seine Aufgabe gefasst habe und wie erschöpfend er sie zu lösen bemüht war.

[2] Auch Hesiod ἔργα καὶ ἡμέραι V. 121 spricht diese Ansicht aus,
und vertritt so die Naturphilosophie.

protestirt dagegen, dass die Seele etwas Materielles oder die Harmonie des Körpers sei (de an. I. 4; I. 3) [1]).

Die Seele ist für Aristoteles keine ausgedehnte Grösse, denn der Gedanke ist untheilbar, oder wenigstens keine stetige Grösse, weil auch nicht durch einen Theil der ausgedehnten Grösse ein einheitliches Erkennen vollzogen werden kann. Wenn sie aber auch kein Körper und keine ausgedehnte Grösse ist, so ist sie doch etwas des Körpers und etwas in der Grösse [2]); die Seele ist ferner nicht das Ergebniss oder die blosse Kraft der organischen Constitution oder bloss das bewegende Princip des Körpers [3]).

Gehen wir von den negativen Bestimmungen des Wesens der Seele zu den positiven über, so bezeichet Aristoteles zunächst die Seele als allgemeines Lebensprinzip, d. h. Anfang, Grund und Ursprung der lebenden Wesen überhaupt [4]), ein gewisses Allgemeines, das sich auch in

---

[1]) Bernays (Dial. des Ar. p. 143) bewerkt: Die Ansicht der feinen Welt am Hissos wurde eine Quelle der zierlichsten Vergleichungen zwischen seelischer und musikalischer Harmonie. Sie empfahl sich auch, wie bei Plato (Phaed.) bezeugt, bei der Menge wegen des ihr beiwohnenden „anmuthigen Scheines“. Ueber die Seele sind von jeher die sonderbarsten Phantastereien produzirt worden. Abbé Galiani, ein italienisches Mitglied des französischen Philosophen-Kreises im vorigen Jahrhundert äussert die Meinung, dass die Seele ein Sublimat der Körperelemente sei (über ihn e. Kritik im rhein. Museum 18, 201) und ergeht sich in den naivsten Vergleichungen: Il est bien vrai, que l'âme est quelque chose de différent du corps; mais c'est comme la crême se diffère du lait, la mousse du chocolat, l'eau de vie du vin, l'essence du corps devient esprit. (Corresp. inédite II. 495.)

[2]) De an. II. 2: σῶμα μὲν γάρ οὐκ ἐστι σώματος δέ τι.

[3]) Aristoteles hat hiemit den Materialismus entschieden zurückgewiesen; schon bezüglich der Thierseele ist er gegen materialistische Auffassung de part an. II. 7.

[4]) De an. I. 1: ἐστι γάρ ἀρχὴ τῶν ζώων (sc. ψυχή).

der Thierseele findet[1]); sie ist des lebenden Körpers Ursache und Prinzip[2]), und zwar ist sie in dreifacher Weise Ursache des beseelten Körpers, a) als Grund der Bewegung, indem örtliche Bewegung, Empfindung und Wachsthum von der Seele ausgehen; b) als Zweck, indem die Natur mit den lebendigen Wesen nichts Anderes bezweckt, als die Seele[3]); c) als Wesen des Körpers, dessen Seins-Ursache das Leben, „nur der lebendige Leib ist ein Leib zu nennen" (de part. an. I. 1.).

Die Seele (im Körper) ist das ernährende (θρεπτικόν)[4]), das empfindende (αἰσθητικόν), das erregende (ὀρεκτικόν)[5]), das nach einem Orte sich bewegende Prinzip im Körper (τὸ κατὰ τόπον κινητικόν)[6]).

---

[1]) De an. II. 3. Dieses Allgemeine ist nicht zu verwechseln mit dem Gemeinsamen, welchem z. B. das Erinnern und Lieben &c. zukommt; das in dem ἄλογον μέρος der ψυχή seinen Schwerpunkt hat, hievon de an. I. 4 die Rede.

[2]) De an. II. 4: ἔστι δὲ ἡ ψυχὴ τοῦ ζῶντος σώματος αἰτία καὶ ἀρχή.

[3]) Ueberhaupt sehen wir, wie in der aristotelischen Physik Alles darauf hinausgeht, die belebende Seele als den Zweck der Natur darzustellen.

[4]) De an. II. 4; de nat. ausc. II. 7: τρέφειν καὶ κινεῖν τῆς ψυχῆς ἔργον ἐστιν. De an. I. 4.

[5]) Die Spontaneität und Receptivität, von der oben die Rede.

[6]) De an. II. 3; übrigens ist die Seele nicht im Raume, und weil von der räumlichen Bewegung alle übrigen Arten der Bewegung abhängen, so hat sie an sich keine Bewegung, sondern nur nebenbei. Daher falsch die Behauptung, die Seele sei das, was sich selbst bewege (de an. I. 3—4).

Alex. Aphrodis. fol. VIII: ἄλλης λέξεως ἐκ δευτέρου περὶ τῆς ψυχῆς Ἀριστοτέλ. ἐξήγησις· οὐ γὰρ τοιούτου σώματος τό τι ἦν εἶναι καὶ ὁ λόγος ἡ ψυχή ἀλλὰ φυσικοῦ· τοῦ ἔχοντος ἀρχὴν κινήσεως καὶ στάσεως ἐν αὐτῷ· πρός τι τοῦ ἔχοντος ἀρχὴν κινήσεως καὶ στάσεως ἐν αὐτῷ. ἀλλ᾽ εἰ τοιοῦτο τὸ φυσικόν πῶς τι φυσικόν τὸ θεῖον οὐκ ἔχον στάσεως ἀρχὴν ἐν αὐτῷ, ἢ ἔχει πῶς στάσεως ἀρχήν, εἴγε κατὰ μὲν τὰ μέρη κινεῖται, τὸ δ᾽ ὅλον εἰς ὅλον ἕστηκεν. ἐν τῷ αὐτῷ γάρ ἐστιν ἀεί, ἢ οὐ περὶ παντὸς εἶπεν τοῦ φυσικοῦ σώματος, ἀλλά

Und so kommt Aristoteles zur vollendeten Definition [1] der Seele, da er sagt, sie sei die erste Entelechie eines physischen, organischen Körpers [2]. „Nicht der Leib ist Entelechie der Seele, sondern die Seele Entelechie des Leibes" (de an. II. 1) [3]. Als Entelechie gibt sie (dem Leibe) die Möglichkeit des Lebens (πρώτη ἐντελέχεια) und sie ist das wirkliche Leben [4].

Aristoteles bedient sich, um die zweifach unterschiedene Entelechie zu erklären, eines Gleichnisses, das aber wegen der Construction des Satzes, in dem es vor uns tritt, etwas dunkel ist, es lautet: „Wie das Schneiden und das Sehen,

---

τοῦ ἐν ᾧ ἡ ψυχὴ γίνεται, ἢ τοῦ ἔχοντος ἀρχὴν κινήσεως καὶ στάσεως ἐν αὐτῷ οὐ περὶ φυσικοῦ σώματος λέγει ἀλλὰ περὶ ψυχὴν ἔχοντος. ἡ γὰρ ψυχὴ ἐν τούτοις ἀρχὴ κινήσεώς τε καὶ στάσεως.

[1]) Wie sie auch in die Scholastik übergegangen ist. Thom. S. Theol. 78. 4: Actus primus corporis physici organici potentia vitam habentis.

[2]) De an. II. 1: ἐντελέχεια ἡ πρώτη σώματος φυσικοῦ δυνάμει ζωὴν ἔχοντος, τοιοῦτο δὲ, ὃ ἂν ᾖ ὀργανικόν.

[3]) De an. II. 1. Diess wird näher erläutert: ἔτι δὲ ἄδηλον εἰ οὕτως ἐντελέχεια τοῦ σώματος ἡ ψυχὴ ὥσπερ πλωτὴρ πλοίου; das ganze Cap. handelt von der Seele als Entelechie.

Trendby Comm. bemerkt (p. 337): Si animus sic esset corporis ἐντελέχεια ut nauta navis (sola enim gubernatoris opera efficitur, ut navis id agat, cujus causa facta est): animus a corpore separari posset salvus; qui enim navem regit, extrinsecus accedit, ut etiam discedere possit. Aristoteles denkt hier schon daran, die Unsterblichkeitsidee zu retten, die er bei einer zu innig gedachten Verbindung von Seele und Leib gefährdet sieht; diess mochte ihn unter Anderm zur Erfindung des νοῦς geführt haben, dieser erscheint so ziemlich als πλωτὴρ πλοίου; ψυχὴ bedeutet demnach den Theil, nicht das Ganze.

[4]) De an. II. 1. Sie ist die erste Enteleche, nämlich, insofern sie als Seele doch auch in den Wesen ist, welche eben nicht in Thätigkeit sind, sondern gleichsam schlafen und nur das Vermögen haben, thätig zu sein. Entelechie ist die in irgend einer Weise schon ausgebildete Kraft, welche nicht eben in Wirksamkeit zu sein braucht. (Ritter, Gesch. d. Philos. d. alten Zeit. III. p. 881.)

so ist auch das Wachen Thätigkeit, wie aber das Gesicht auch das Vermögen des Organs ist, so die Seele [1].

Mit dem Begriff „Entelechie" auf die Seele in ihrer Beziehung zum Körper angewendet, ist das Wesen der Seele im Allgemeinen ausgedrückt [2]. Aristoteles nennt die Seele aber auch Energie des Körpers (de an. I. 1), Substanz, weil Form und Gestalt des Körpers (εἶδος καὶ μορφή σώματος) [3]; Wesen eines physischen so beschaffenen d. h. das Prinzip der Bewegung und Ruhe in sich habenden Körpers [4].

Biese (II. p. 209) sagt: „Als die bestimmende Form, als gestaltende, belebende Thätigkeit ist die Seele, wie jede

---

[1] De. an. II. 1: ὡς μὲν οὖν ἡ τμῆσις καὶ ἡ ἔρασις, οὕτω καὶ ἡ ἐγρή-γορσις ἐντελέχεια. Ὡς δὲ ἡ ὄψις καὶ ἡ δύναμις τοῦ ὀργάνου ἡ ψυχή. Hiezu bemerkt Trendby: Comparatio adeo abscissa est, ut Aristotelio scribendi generi vix tantum largiaris (p. 386). Der Sinn der Stelle dürfte wohl der sein: die Seele ist Vermögen (δύναμις) und Wirklichkeit (ἐντελέχεια) oder die zweifache Entelechie als Zustand (habitus) und als wirkliche Thätigkeit (actus); denn wie das Gesicht den Zustand der Wirklichkeit des Auges und das Sehen die wirkliche Thätigkeit (actus) deselben bezeichnet, so ist die Seele die Wirklichkeit (oder Wirksamkeit) sowohl als Zustand als auch als Act. An diesem Beispiele dürfte der aristoteli-sche Begriff von Entelechie überhaupt erhellen. Zur Terminologie be-merken wir hier, wo das Verhältniss von Leib und Seele abgehandelt wird, dass der griechische Philosoph mit den Wörtern σῶμα und ψυχή sich nicht so genau ausdrücken konnte, wie wir im Deutschen durch Leib, Körper, Seele, Geist. Schelling (2. Abth. I. p. 461) bemerkt: Der Geist hat nur Beziehung zum Körper, die Seele zum Leib, der Leib wird nur empfunden, der Körper begriffen. Niemand sagt: Seele und Körper, wohl aber Seele und Leib, und nicht leicht Geist und Leib, wohl aber wer wissenschaftlich spricht; Geist und Körper.

[2] De an. II. 1: εἰ δή τι κοινὸν ἐπὶ πάσης ψυχῆς δεῖ λέγειν, εἴη ἂν ἐντε-λέχεια ἡ πρώτη σώματος φυσικοῦ ὀργανικοῦ.

[3] Met. XIII. 2. Nach Simplic. de an. 62. a. hätte Aristoteles schon im Eudemus die Seele als εἶδός τι bezeichnet. Ueber die verschiedenen Bezeichnungen cf. Met. VIII. 3; de gen. an. II. 4; de an. II. 1. 4.

[4] De an. II. 1.

Formbestimmung eine untheilbare Einheit; insofern sie der Materie innewohnt, hat sie zwar nebenbei die Bestimmungen des Materiellen an sich, das Räumliche, die Ausdehnung, die Bewegung, ohne aber denselben unterworfen zu sein. Diese materiellen Eigenschaften kommen ihr nur auf relative Weise zu, dagegen ihr substantielles Wesen ohne Ausdehnung, ohne räumliches Verhältniss und Bewegung ist.

Indem Aristoteles die Seele als Form und Gestalt des Körpers hinstellt[1]), führt er, sagt Ritter[2]), den Gegensatz zwischen Leib und Seele auf den obersten Gegensatz seiner Philosophie, auf Materie und Form zurück, und diess zeigt, wie genau jener Gegensatz mit seiner ganzen Ansicht von der Natur verbunden ist. Es zeigt aber auch, dass er die Entwicklung des Körpers und der Seele in unzertrennlicher Verbindung denken musste, denn der von der Natur gebildete organische Körper ist die Bedingung der Seele. Daher ist Aristoteles gegen jene, welche die Seele in den Körper versetzen, ohne zu zeigen, wie die Verbindung beider gedacht werden solle[3]).

Aus diesem innigen Ineinandersein von Seele und Leib ergibt sich die Untrennbarkeit beider von einander, sowie auch daraus, dass die Trennbarkeit von Aristoteles ausdrücklich dem Geiste (νοῦς) vindicirt wird (de an. II. 2). Die Seele ist primitive Substanz, der Körper Materie, der

---

[1]) Nach christlicher Philosophie ist der νοῦς zugleich Form des Körpers; ebenso nach positiv christl. Lehre. Concil. Vienn. 1311, welches S. Thomas citirt P. I. qu. 76. art. 3—4, ist die Lehre, welche läugnet, dass die anima rationalis seu intellectiva vere, ac per se humani corporis forma sei .. als irrthümlich bezeichnet.

[2]) Gesch. d. Philos. III. p. 283.

[3]) De an. I. 3: συνάπτουσι γὰρ καὶ τιθέασιν εἰς σῶμα τὴν ψυχὴν οὐδὲν προςδιορίσαντες διά τιν' αἰτίαν καὶ πῶς ἔχοντος σώματος. παραπλήσιον δὲ λέγουσιν, ὥςπερ εἴ τις φαίη τὴν τεκτονικὴν εἰς αὐλοὺς ἐνδύεσθαι.

Mensch (oder das Thier) als Allgemeines gedacht, die Einheit beider (Met. VII. 11. 17).

Wenn aber auch nach aristotelischen Begriffen die Seele die übersinnliche Form des beseelten Körpers und als solche eine untheilbare Einheit ist, welche die ins Unendliche theilbare Materie zusammenhält [1]), und bewirkt, dass der beseelte Körper eine Einheit bildet (de an. L 1), so fällt unserem Philosophen doch keineswegs der Begriff der Seele mit dem des Leibes zusammen.

Der Körper bleibt immer Organ der Seele [2]), wie aber die menschliche Seele in Bezug auf den Leib vor der Thierseele weit ausgezeichnet ist durch die höhere Potenz und Entwicklungsfähigkeit (abgesehen vom νοῦς) [3]), so ist es auch der menschliche Leib vor dem thierischen [4]). Die Körperbeschaffenheit des Menschen selbst kündigt das Höhere an, wodurch seine Natur sich weit über die Thiere erhebt [5]). Diese leiblichen Vorzüge kommen aber dem Menschen zu,

---

[1]) De an. I. 5. Aristoteles acceptirt hier die Ansicht des Empedocles.

[2]) Aristoteles kennt die einzelnen Organe des Körpers und deren Zweck sehr gut; er hält fest daran, dass die Seele in ihren Functionen an dieselben gebunden ist.

[3]) Der Mensch ist das erste und vollkommenste aller Wesen (hist. an. IX. 1): τοῦτο sc. ζῷον (vorher vom Menschen als ethischem Wesen seinem Geschlechte nach die Rede) γὰρ ἔχει τὴν φύσιν ἀποτετελεσμένην. Cf. gen. an. II. 4.

[4]) Hierüber de part. an. IV. 10, wo es heisst, dass alle Thiere dem Menschen gegenüber zwerghaft (νανώδη) seien. Aristoteles hebt besonders die aufrechte Stellung des menschlichen Leibes hervor und legt ihm (in gewissem Sinne) göttlichen Ursprung bei: Ὁ μὲν οὖν ἄνθρωπος ἀντὶ ποδῶν τῶν προσθίων βραχίονας καὶ τὰς καλουμένας ἔχει χεῖρας. Ὀρθὸν μὲν γάρ ἐστι μόνον τῶν ζῴων διὰ τὸ τὴν φύσιν αὐτοῦ καὶ τὴν οὐσίαν εἶναι θείαν. ἔργον δὲ θειότατον τὸ νοεῖν καὶ φρονεῖν, τοῦτο οὐ ῥᾴδιον πολλοῦ τοῦ ἄνωθεν, ἐπικειμένου, σώματος. Τὸ γὰρ βάρος δυσκίνητον ποιεῖ τὴν διάνοιαν καὶ τὴν κοινὴν αἴσθησιν.

[5]) Zeller II. 2. p. 436.

weil sein Körper einer edleren Seele als Werkzeug zu dienen hat [1]).

So erscheint die Psychologie als der Zweck seiner
Physiologie. Ein jedes Organ ist eines Zweckes wegen,
der Zweck aber ist eine Handlung, daraus folgt, dass der
ganze Körper wegen einer vollen Handlung ist und diese
volle Handlung ist die Seele.

Nach der ganzen Naturlehre des Aristoteles im Zusammenhange mit seinen allgemeinen Begriffen konnte er
keinen würdigeren Begriff von der Seele im Gegensatz zum
Begriff vom Körper finden, denn: das Körperliche ist ihm
Erscheinung — in der Erscheinung zeigt sich die Seele als
thätiger Grund, als eine Kraft — die Materie als Grund
des Körperlichen musste er ausschliessen — die Seele musste
formelle Ursache in der Natur sein. Aristoteles spricht sogar
den Gedanken aus, dass in der Natur Alles um des Menschen willen da sei [2]). Zudem ist durch die Eintheilung der
Seele in ernährende, empfindende, bewegende und denkende,
von denen jede, der vorhergehenden gegenüber, an Werth
höher steht, ein Hauptprinzip des Aristoteles, dass aus dem
Geringeren sich das Vollkommenere bilde, in Anwendung
gebracht [3]).

Wenn wir bisher die $\psi\nu\chi\dot\eta$ in ihrem Wechselverhält-
niss zum Leibe — als Leibseele — betrachtet haben, und

---

[1]) So z. B. habe der Mensch Hände, weil er das vernünftigste Wesen
sei (part. anim. IV. 10); er ist durch die Sprache vor allen lebenden
Wesen ausgezeichnet, sein Mund, seine Lippen, seine Zunge sind Organe
derselben (ibid. IV. 16).

[2]) Polit. I. 8.: ἀναγκαῖον τῶν ἀνθρώπων ἕνεκεν αὐτὰ πάντα πεποιηκέναι
τὴν φύσιν. Dass das Erkennen der Welt Bestimmung des Menschen (und
ihm etwa desshalb der νοῦς παθητικός, der dieses Wissen vermittelt und
dann einst vergeht, gegeben ist) — ist hiemit nicht gesagt.

[3]) Ritter III. p. 287; der νοῦς bringt eine Unterbrechung in diese Kette.

es feststeht, dass sie etwas Immaterielles ist, erübrigt uns noch, die Seele nach ihren höheren Beziehungen, nämlich als Denkvermögen in's Auge zu fassen.

Die Seelenvermögen.

Die Seele ist der Sitz verschiedener Kräfte, Affectionen und erworbener Zustände (δυνάμεις, πάϑη, ἕξεις)[1]), sie ist das Gemeinsame von diesen (de an. I. 4).

Diejenigen Seelenkräfte, welche das eigentliche begriffliche Denken ermöglichen und ihrer Bethätigung demselben vorhergehen, sind das Vorstellungsvermögen oder die Sinneswahrnehmung, die Einbildungskraft, das Gedächtniss und Erinnerungsvermögen. Wir wollen im Einzelnen kurz davon handeln.

a) Sinneswahrnehmung.

Die erste Seelenthätigkeit ist die sinnliche Wahrnehmung oder Sinnesempfindung; sie ist die Veränderung, welche in dem Wahrnehmenden durch das Wahrgenommene hervorgebracht wird (de an. II. 5), eine durch den Leib vermittelte Bewegung der Seele[2]).

Insofern bei der Sinneswahrnehmung das Verhältniss vom Wirklichen zum Möglichen sich vorfindet, unterlässt es Aristoteles nicht, seinen Dualismus von Stoff und Form hineinzutragen, die Form des Wahrgenommenen wird dem Wahrnehmenden aufgeprägt[3]).

---

[1]) Eth. Nic. II. 4. Die δυνάμεις sind: τὸ θρεπτικόν, τὸ αἰσθητικόν, τὸ ὀρεκτικόν, τὸ κινητικὸν κατὰ τόπον, τὸ διανοητικόν (de. an. II. 3 s. oben). Cf. S. Thom. s. Th. I. qu. 68. a. 1.

[2]) De somno: κίνησίς τις διὰ τοῦ σώματος τῆς ψυχῆς.

[3]) De an. II. 5: τὸ δ' αἰσθητικὸν δυνάμει ἐστὶν οἷον τὸ αἰσθητὸν ἤδη ἐντελεχείᾳ καθάπερ εἴρηται· πάσχει μὲν οὖν οὐχ ὅμοιον ὂν πεπονθὸς δ' ὡμοίωται καὶ ἔστιν οἷον ἐκεῖνο. Cf. III. 8.

Diese Auffassung der Form ohne Stoff ist nur möglich, wo ein Mittelpunkt des Seelenlebens ist, in welchem die sinnlichen Eindrücke sich reflectiren, daher sind erst die Thiere der Wahrnehmung fähig (de an. II. 12).

Woher kommt es aber, dass die Pflanzen nicht empfinden, da sie etwas Seelisches ($\mu\acute{o}\varrho\iota o\nu$, $\psi\upsilon\chi\iota\varkappa\acute{o}\nu$) haben und afficirt werden von dem Fühlbaren? Sie sind nämlich für Kälte und Wärme empfänglich. Die Ursache davon ist, weil sie keine Mitte ($\mu\epsilon\sigma\acute{o}\tau\eta\varsigma$) haben, noch ein solches Princip, welches geeignet ist, die Formen der empfundenen Dinge aufzunehmen, sondern das nur mit der Materie leidend zu sein vermag (de an. II. 12).

Die Sinneswahrnehmung geschieht durch ein Medium, das zwischen dem Wahrgenommenen und den Sinnen in der Mitte liegt und jenes auf diese überträgt (de an. II. 7). Dieses Medium besteht für das Gesicht im Lichte, für das Gehör in der Luft, für den Geruch im Feuchten, für den Tastsinn und Geschmack ist ein gleiches Medium, das unbekannt ist (de an. II. 7—11). Tastsinn und Geschmack sind unter den Sinnen die niedrigsten, da sie den untersten Bedürfnissen des Lebens dienen. Das Gefühl z. B. ist den Thieren zum Leben nothwendig ($\tau o\tilde{u}$ $\epsilon\tilde{\iota}\nu\alpha\iota$ $\tilde{\epsilon}\nu\epsilon\varkappa\alpha$), die anderen Sinne zum Wohlleben ($\tau o\tilde{u}$ $\epsilon\tilde{u}$ $\epsilon\tilde{\iota}\nu\alpha\iota$)[1]; Gesicht und Gehör stehen am höchsten, weil sie Hilfsmittel der Verstandesentwickelung sind (de sensu I.).

Die verschiedenen Sinne werden auf den Gemeinsinn zurückgeführt.

Wenn auch Aristoteles in seiner Psychologie das Bewusstsein[2]), die Wurzel des Seelenlebens nicht so sehr in

---

[1]) De an III. 13.

[2]) Wir nennen Bewusstsein die Fähigkeit, von dem, was in uns vorgeht, unmittelbar zu wissen und somit von der objectiven Aussen-

den Vordergrund stellt [1]), als wir erwarten möchten, so liegt doch in seiner Darstellung von der Sinneswahrnehmung die Einheit, somit das Selbstbewusstsein der wahrnehmenden Seele zu Grunde; denn Aristoteles sagt ausdrücklich: Es gibt nur Einen Sinn seiner selbst (de an. III. 2).

Aristoteles sagt, es sei nothwendig, dass es Eins der Seele gebe, mit der sie wahrnimmt [2]). Er kommt zu dieser Annahme durch folgende Deduction: Die Sinne sind im Wahrnehmen der Gegenstände ihrer selbst bewusst, sie verlieren sich nicht im Objecte [3]), sondern sind im Anschauen, Empfinden &c. innerlich in sich reflectirt, indem sie die Gegenstände ideell in sich aufgenommen haben und in dieser Idealität in Beziehung auf das Andere bei sich selbst sind. Und zwar ist es nicht ein anderer Sinn, wodurch z. B. das Sehen des Sehens hervorgebracht wird; denn so würde dieser andere Sinn, welcher z. B. den Gesichtssinn wahrnähme, auch die mit diesem Sinne verbundenen Objecte erkennen, d. h. das Gesicht und das, was das Gesicht wahrnimmt, so wären dann zwei Sinne für denselben Gegenstand. Gäben wir jedem Sinne einen anderen, gleichsam als Wächter und Aufseher, so würde doch kein Selbstbewusstsein erfolgen, denn dieser andere würde nur erkennen jenen, auf den er ginge, nicht aber sich selbst, dieser Andere

---

welt sich zu unterscheiden, woraus sich ergibt, dass die Seele sich als die beharrliche Einheit, als das sich selbst gleichbleibende Ich fühlt und weiss. Aristoteles spricht in Eth. Nic. einmal von einer αὐτότης.

[1]) Er umgeht auch so die Begriffe von Individuum und Person.

[2]) De sensu VII: ἀνάγκη ἄρα ἕν τι εἶναι τῆς ψυχῆς, ᾧ πάντα αἰσθάνεται.

[3]) Die Sinnobjecte theilt Aristoteles (de an. II. 6) in eigenthümliche (ἴδια) und gemeinschaftliche (κοινά), welchen die beziehungsweisen (κατὰ συμβεβηκός) beigefügt werden; als allgemeine Eigenschaften der Sinnobjecte, welche keinem einzelnen Sinne ausschliesslich zugewiesen sind, führt Aristoteles (de an. III. 1) an: Bewegung, Grösse, Figur, Zahl, Eins.

würde wieder eines Anderen bedürfen und so fort in's Un-
endliches, da diess nicht annehmbar ist, so folgt, dass jeder
Sinn sich selbst wahrnehmen muss (de an. III. 2).

Da die allgemeinen Attribute alles körperlichen Seins von
den einzelnen Sinnen nur nebenbei wahrgenommen werden, so
muss man, um die Einheit der Wahrnehmung sich zu erklären,
einen Gemeinsinn annehmen. Dass wir die Wahrnehmungen der verschiedenen Sinne von einander unterscheiden
und zur Einheit des Gegenstandes zusammenfassen, sowie
dass wir unserer Wahrnehmung selbst als solcher uns bewusst sind, steht fest. Hieraus ergibt sich mit Nothwendigkeit, was Aristoteles ausspricht: die Einheit der wahrnehmenden Seele.

Wenn Aristoteles weiter als das unmittelbarste Organ
dieses allgemeinen Wahrnehmungsvermögens das Herz bezeichnet (de an. III. 1; de somno II, de vita I) als haupt-
sächlichen Sitz des Gefühls, so können wir ihm auf dieses
Feld der Forschung nicht folgen[1]).

Als Zustände des allgemeinen Wahrnehmungsvermögens betrachtet Aristoteles den Schlaf und das
Wachen (de somno II). Der Schlaf ist die Gebundenheit,
das Wachen die freie Wirksamkeit dieses Vermögens (ibid. I).
Ueber das Ahnungsvermögen als göttliche Inspiration haben
wir oben Einiges erwähnt (Aristoteles und die Volksreligion)[2]).

Wenn wir mit dem Erkenntnissvermögen in seiner untersten Stufe, mit dem Wahrnehmungs- und Empfindungs-
vermögen parallel das Gefühls- und Begehrungs-

---

[1]) Cf. Zebarella comm. in Aristot. de anima III. 1, wo die späteren
Erklärungen der Philosophen in dieser Beziehung zusammengestellt sind,

[2]) Cf. Zeller II. 2. p. 421.

vermögen betrachten wollen, so gehört hieher der Trieb (ὄρεξις)[1] und die Begierde (ἐπιθυμία)[2].

Nachdem wir von der ersten Thätigkeit des Erkenntnissvermögens, von der Sinneswahrnehmung, deren Product die Vorstellung ist, gesprochen haben, bleibt uns noch übrig, von der sinnlich-geistigen Sphäre des Erkenntnissvermögens zu sprechen:

b) Einbildungskraft (φαντασία).

Die Einbildungskraft ist eine Art Empfindung, eine abgeschwächte Empfindung, eine durch Sinnenempfindung erzeugte Bewegung der Seele. Sie ist nicht Meinung, noch Verbindung von Meinung und Empfindung. Vielmehr muss die Vorstellung (der Phantasie) von der Meinung getrennt werden[3].

---

[1]) De an. II. 2: εἰ δὲ αἴσθησιν (sc. ἔχει ἡ ψυχή) καὶ φαντασίαν καὶ ὄρεξιν. Hier ist ὄρεξις einfach zur ψυχή gezählt, mit der ὄρεξις διανοητική dagegen verhält es sich anders, wie wir sehen werden.

[2]) De an. II. 2: Wo Empfindung, da ist auch Schmerz und Freude, wo aber diese, da nothwendig auch Begierde.

[a] Das Gefühl erklärt Aristoteles nicht näher; er unterscheidet auch nicht, dass die Empfindung (αἴσθησις) als Bewusstsein und Innewerden eines leiblichen Zustandes, den Gegensatz des Angenehmen oder Unangenehmen in sich schliessend, dem Gefühlsvermögen angehöre.

[3]) De an. III. 3: ἡ δὲ φαντασία ἐστὶν αἴσθησίς τις ἀσθενής. Die genaue Unterscheidung der Einbildungskraft als Vermögen, Bilder wahrgenommener Gegenstände, auch wenn sie dem Sinne nicht mehr gegenwärtig sind, im Bewusstsein wieder zu erwecken und zu beleben (reproductives Vermögen), und als Vermögen, unsinnliche Dinge (Begriffe, Gedanken) in sinnliche und anschauliche Bilder zu kleiden und durch Verknüpfung und Umgestaltung derselben ganz neue Gebilde hervorzubringen (productives Vermögen), scheint Aristoteles nicht zu kennen (cf. de mem. I.).

: c) Das Gedächtniss und das Erinnerungsvermögen. .

Das Gedächtniss ($\mu\nu\eta\mu\eta$) unterscheidet sich vom Erinnerungsvermögen ($\dot{\alpha}\nu\dot{\alpha}\mu\nu\eta\sigma\iota\varsigma$). Wird eine Einbildung auf frühere Wahrnehmungen als Abbild derselben bezogen, so nennen wir sie Erinnerung. Das Gedächtniss beruht auf der Phantasie[1]), diese bietet einzelne Bilder; auch abgeleitete Gedanken sind nicht ohne Denkbilder, welche dann Objecte des Erinnerns sind[2]).

Von den Graden und Arten des Gedächtnisses, sowie von der Ideenassociation handelt Aristoteles (unseres Wissens) nicht, wohl aber von dem Organ des Gedächtnisses, als welches er das Gehirn bezeichnet. Gedächtniss und Einbildungskraft schreibt unser Philosoph auch den Thieren zu (hist. an. I. 1. mem. I), das Erinnerungsvermögen jedoch kommt nur dem Menschen zu, der auch überlegt (de mem. II; cf. hist. an. I. 1).

Bekanntlich unterscheidet Aristoteles (wie Plato) einen vernünftigen und einen vernunftlosen Theil der Seele (Eth. I. 13; Polit. VII, 15). Wenn wir nun erwägen, dass nach

---

1) De mem. I. φάντασμα im Gegensatz zu μνημόνευμα, cf. de an. I. 4, wozu Treudelenby comm. p. 271: Memoria non inanime quoddam receptaculum, e quo notionem, ubicunque velis, depromas. Ita inest vita, ut, quod meminimus, videre vel audire nobis videamur. Quod in recordatione motus ab ipsa usque sensuum instrumenta procedere dicuntur id ultra veri fines dictum esse videtur. At sive clare cogitavit Aristoteles, sive obscure sensit, intima imaginandi facultas, si agit, sensus ipsi externi quodammodo agunt. Si, quod visu percipimus, animo observatur, re vera videmus, si quod auribus audimus. Aristoteles, qui imaginationem motum esse ostendit ab efficaci sensu profectum (III. 3), quoniam recordatio imaginationem excitat, recordationi motum ab anima versus sensus inesse jure suo dicere potuit.

; .. 2) De an. I. 4: ἦ μὲν οὖν καθ' αὐτὸ θεώρημα ἢ φάντασμά ἐστιν, ἦ δὲ ἄλλον οἷον εἰκὼν καὶ μνημόνευμα ... νοεῖν οὐκ ἔστιν ἄνευ φαντάσματος. Es scheint also, dass das Erinnerungsvermögen /sich auf die Begriffe, das Gedächtniss sich auf die Phantasmen bezieht.

Aristoteles' Auffassung und ausdrücklicher Bemerkung die Thätigkeiten und Affecte des Erinnerungsvermögens, Gedächtnisses und der Einbildungskraft zum unvernünftigen Theile (τῶν ἀλόγων μερῶν) des menschlichen Wesens gehören, und wenn wir sehen, wie scharf Aristoteles das eigentliche Denk- oder Abstractions-Vermögen von dem Empfindungsvermgen, dessen Thätigkeit sich auf Sinnesobjecte richtet, unterscheidet[1]), sowie, dass er das Denkvermögen als dasjenige bezeichnet, welches sich auf das Unsinnliche bezieht[2]), so wären wir so ziemlich an der Grenze zwischen dem vernünftigen und vernunftlosen Theil der Seele angekommen.

Wir verkennen aber durchaus nicht die Schwierigkeit, die uns bei dem Versuche, jene Grenze zwischen vernünftigen und vernunftlosen Theil der Seele näher zu bestimmen, uns entgegentritt, wissen wir ja, dass Aristoteles einem Theile der Vernunft, dem sogenannten leidenden Verstand (νοῦς παθητικός) das Schicksal der Leibseele, welche mit dem Leibe untergeht, vindicirt (de an. III. 5), so dass man diesen leidenden Verstand als Theil der Leibseele anzusehen sich versucht fühlen möchte, wenn nicht durch eine solche Trennung die persönliche Fortdauer des menschlichen Geistes undenkbar, und die betreffenden evidenten Aussprüche des Aristoteles unerklärbar würden.

Dass die aus der Aussenwelt durch Abstraction gewonnenen Begriffe des Geistes eben so wenig oder gleichen Werth haben, wie die Sinneswahrnehmungen oder die Producte der Einbildungskraft und des Erinnerungsvermögens

---

[1]) De an. III. 3. Das Denken ist nicht gleich dem Empfinden, wie die Naturphilosophen, besonders Empedocles, meinten, da Denken nichts Körperliches ist.

[2]) De an. III. 4. Hiedurch fallen auch die Einbildungskraft und das Gedächtniss dem vernunftlosen Theile der Seele zu (s. unten üb. d. νοῦς).

erhellt daraus, dass sie, wie wir später sehen werden, eben
so vergänglich sind, wie diese. Doch wir wollen nicht
Grenzen ziehen, die Aristoteles eigentlich nicht gezogen,
und in seine Bestimmungen nicht etwas hineinlegen, was
nicht darin liegt. Aber wir können nicht unterlassen, anzuführen, was Andere bezüglich dieser Grenze (zwischen
ψυχή und νοῦς) urtheilen.

Schelling (2. Abth. p. 455) erklärt: Bis hieher (zur
Leibseele und den niederen Seelenvermögen) geht das
Physische der Seele oder das Gebiet der Seele überhaupt. Aber nun tritt Aristoteles selbst hervor mit der
Frage, ob die ganze Seele φύσις Gegenstand der Physik sei?
Denn wenn die ganze, also auch der Verstand (oder νοῦς)
zum Physischen gehörte, gäbe es ausser der auf die Naturwissenschaft sich beziehenden keine andere Philosophie, der
Intelligenz müsste auch ihr Correlatum folgen, das Intelli-
gible, so dass von Allem nur physikalische Erkenntniss
wäre [1].

Der νοῦς also ist es, fährt Schelling fort, welcher dem
Aristoteles über dem Physischen steht; aber welcher νοῦς?
denn νοῦς ist auch in der noetischen Seele [2] Dieser jedoch,
der in der noëtischen Seele ist [3]), hat zu seinem Inhalte

---

[1]) De part. an. I. 1, wo es unter Anderem heisst: δῆλον οὖν, ὡς οὐ
περὶ πάσης ψυχῆς λεκτέον οὐδὲ γὰρ πᾶσα ψυχὴ φύσις.

[2]) De gen. an. II. 3: πρῶτον μὲν γὰρ ἅπαντ᾽ ἔοικε ζῆν τὰ τοιαῦτα (τὰ
κυήματα) φυτοῦ βίον· ἑπομένως δὲ δηλονότι καὶ περὶ τῆς αἰσθητικῆς λεκτέον
ψυχῆς καὶ περὶ τῆς νοητικῆς· πάσας γὰρ ἀναγκαῖον δυνάμει πρότερον ἔχειν
ἢ ἐνεργείᾳ. Hiedurch ist also die noëtische Seele von dem νοῦς auf's
Bestimmteste unterschieden. Für diesen (οὐδὲ γὰρ αὐτοῦ τῇ ἐνεργείᾳ κοινωνεῖ σωματικὴ ἐνέργεια) und für diesen allein bleibe nur übrig, dass er
von aussen komme (λείπεται τὸν νοῦν μόνον θύραθεν ἐπεισιέναι).

[3]) Eine durchaus ungangbare Bezeichnung für νοῦς παθητικός; man
müsste ihn eher dianoëtische Seele nennen, wenn überhaupt in der
Terminologie eine Neuerung geboten wäre.

ein bloss passives Verhältniss und ist daher nur der leidende Verstand (*νοῦς παϑητικός*) und mit den Thieren gemein, also nur uneigentlich Verstand zu nennen. Ueber dem Physchen steht nur der menschliche (der nichts mit der Materie gemein hat[1]). Der selbstwirkende, thätige (*ποιητικός*), Wissenschaft erzeugende und darum eigentliche *νοῦς* (de an. III. 5)[2]).

Ehe wir nun an die Untersuchung der Vernunft (*νοῦς*) gehen, bemerken wir, dass derselbe (*νοῦς*) nicht bloss der End- und Ausgangspunkt der menschlichen Potenzen, der Gipfel der physischen Kräfte, sondern auch in theoretischer, abstracter Beziehung, auf dem Gebiete der Wahrheit die Kraft der obersten Prinzipien ist, welche alle auf dem Gebiete der Wahrheit waltenden Thätigkeiten beherrscht[3]) und eine ewige Brücke zwischen den sterblichen Menschen und dem göttlichen Wesen bildet (Schrader in Jahn's Jahrb. f. Phil. 102).

Die Vernunft.

(Ihr Ursprung — das „ϑύραϑεν".)

Wenn wir den Ursprung des *νοῦς* allein und vorerst in's Auge fassen, so ist hier allerdings eine Grenze zwischen

---

[1]) De an. III. 5. χωριστός καί ἀμιγὴς καί ἀπαϑὴς τῇ οὐσία ὤν ἐνέργεια (nicht ἐνεργείᾳ, gegen Bekker).

[2]) Wir werden nachweisen, dass die Potenz im Geiste, welche Wissenschaft erzeugt, der νοῦς παϑητικός ist, der νοῦς ποιητικός ist als Inbegriff der Denkgesetze und obersten Prinzipien lediglich die conditio sine qua non dieser Wissenschaft erzeugenden Thätigkeit des νοῦς (παϑητικός). Da einmal von Aristoteles selbst die Distinction zwischen thätiger und leidender Vernunft direct ausgesprochen ist, muss sie consequent aufrecht erhalten werden.

[3]) Aristoteles unterscheidet fünf Gebiete der Wahrheit: „Kunst (τέχνη), Wissenschaft (ἐπιστήμη), Klugheit (φρόνησις), Weisheit (σοφία), und Geist (νοῦς)" (Eth. Nic. VI. 8); über ihre Eintheilung cf. Hampke p. 32 (bei Schelling l. c.).

ihm und der Psyche, denn der Ursprung beider ist wesentlich verschieden. Schelling (2. Abth. I. p. 455 ff.) bemerkt:
Wie Aristoteles lehrt, lebe nach der Zeugung alles Empfangene
zuerst ein Pflanzenleben, dasselbe sei auch von der empfindenden und verständigen Seele zu sagen, dass sie erst der Potenz
nach (potentia) dasei, ehe sie es dem Acte nach (actu) ist.

Diess gelte von Allem, was mit einer körperlichen Energie
zusammenhänge; das Thier könne nicht gehen, ohne die
Füsse zu haben, das Gehen sei also mit diesen erst dem
Vermögen nach verhanden; vom *νοῦς* aber, dessen Energie
mit keiner körperlichen Thätigkeit etwas gemein habe, sei
nichts Aehnliches zu sagen, er sei ganz ausser dem organischen Zusammenhang der anderen Theile der Seele, von
ihm bleibe nur übrig zu sagen, dass er „von aussen" demnach als etwas der Seele Fremdes hinzu- und hineinkomme.

Hier beim *νοῦς* reisst der Faden ab, der bisher von
Stufe zu Stufe leitete, Vernunft und Erscheinung, die bisher
zusammenstimmten[1]), treten auseinander, es bleibt die blosse
Thatsache.

So ist es in der That bei Aristoteles, denn auf die
Frage, wenn der Verstand von aussen, woher kommt er
denn? hat Aristoteles keine Antwort.

Dennoch besteht er mit bewundernswerther Entschlossen-
heit auf dem „dass", darauf, dass der thätige oder wissenschaftliche Verstand ein Neues sei und mit dem Vorhergehenden durch keine Nothwendigkeit zusammenhänge ').

---

[1]) De coelo I. 3: ὅ τε λόγος τοῖς φαινομένοις μαρτυρεῖ καὶ τὰ φαινόμενα
τῷ λόγῳ.

') Unbestimmte Andeutungen gehen voraus (de an. II. 1): ἔνια γε
(μέρη τῆς ψυχῆς) οὐδὲν κωλύει (εἶναι χωριστός τοῦ σώματος) διὰ τὸ μηδενὸς
εἶναι σώματος ἐντελεχείας — ἔνια = νοῦς, der allein nicht Entelechie ist.
Absichtliche Unbestimmtheit ist es II. 3: ἑτέροις δὲ (τῶν ζώων ὑπάρχει)
καὶ τὸ διανοητικόν τε καὶ νοῦς (beide hier als identisch genommen) καὶ εἴτι

Schelling macht hier nachdrücklich auf die Thatsache aufmerksam, dass Aristoteles dem νοῦς einen eigenen Ursprung zuschreibe. Es liegt eigentlich in dieser aristotelischen Behauptung nichts Absonderliches; nachdem der Philosoph den νοῦς hingestellt hat als ein Wesen, das mit der Leibseele und dem Leibe, sowie mit den noch theilweise in der sinnlichen Sphäre thätigen, niederen Seelenvermögen nicht bloss in keinem nothwendigen, sondern in gar keinem Zusammenhange steht, musste er dem νοῦς einen eigenen Ursprung vindiciren, wie es sich mit diesem Ursprung verhalte, ist aber durch das ϑύραϑεν sehr unbestimmt angegeben; dennoch muss das „von aussen" her einen gewissen Sinn haben.

Unsere (wie wir glauben begründete und nicht unklare) Ansicht ist diese:

Vom νοῦς wird einestheils behauptet, dass er „von aussen" (ϑύραϑεν) in den Leib eintrete [1]), andererseits wird sein Verbundensein mit dem Samen [2]) angenommen.

Will man beides vereinigen und dem „von aussen" her, das jedenfalls etwas Besonderes anzeigt (μόνον) eine Deutung geben, so ist es wohl nur so möglich, wenn man das „von aussen her" des νοῦς einen Gegensatz zu dem Entstehen der ψυχή und des Leibes, die beide durch den Zeugungsact „innerhalb" der menschlichen Gattung ihren Ursprung haben, annimmt, und wenn man zugleich, wie diess durch

---

τοιοῦτόν ἐστιν ἕτερον ἢ καὶ τιμιώτερον (= der reine νοῦς); ferner I. 5: τῆς ψυχῆς εἶναι τι κρεῖττον καὶ ἄρχον, ἀδύνατον· ἀδυνατώτερον ἔτι τοῦ νοῦ.

[1]) De gen. an. II. 3: λείπεται δὲ τὸν νοῦν μόνον θύραθεν ἐπεισιέναι καὶ θεῖον εἶναι μόνον· οὐδὲν γὰρ αὐτοῦ τῇ ἐνεργείᾳ κοινωνεῖ σωματικὴ ἐνέργεια.

Hier ist das „von aussen her" mit dem göttlichen Sein eigens zusammen- und dem leiblichen Sein gegenüber-gestellt; die Stelle scheint uns sehr klar zu sein. Der ganze Context bereits im Vorhergehenden angegeben (Schelling).

[2]) Cf. Anmerk. 1 auf der folgenden Seite.

den Text ($\vartheta \acute{v} \varrho \alpha \vartheta \epsilon \nu \; \acute{\epsilon} \pi \epsilon \iota \sigma \iota \acute{\epsilon} \nu \alpha \iota \; \varkappa \alpha \grave{\iota} \; \vartheta \epsilon \tilde{\iota} o \nu \; \epsilon \tilde{\iota} \nu \alpha \iota$) angezeigt
oder vielmehr ausgedrückt ist, dieses „von aussen her
Kommen" als göttlichen Ursprung setzt.

Der $\nu o \tilde{v} \varsigma$ wird seiner Natur nach überhaupt als gött-
lich ($\vartheta \epsilon \tilde{\iota} o \varsigma$) bezeichnet und kann desshalb nach Aristoteles
als Göttliches im Menschen seinen Ursprung nicht haben [1]);
er wird vielmehr bezüglich seiner Coexistenz mit Leib und
$\psi v \chi \acute{\eta}$ [2]) eben wegen seiner göttlichen Natur nicht in organi-
scher Verbindung, sondern als getrennt ($\chi \omega \varrho \iota \sigma \tau \epsilon \grave{\iota} \varsigma$ oder
$\chi \omega \varrho \iota \sigma \tau \acute{o} \varsigma$) [3]) von diesen zwei anderen Bestandtheilen des
menschlichen Wesens dargestellt.

Dass der $\nu o \tilde{v} \varsigma$, um auch den anderen Punkt zu berühren,
mit dem Samen ($\sigma \pi \acute{\epsilon} \varrho \mu \alpha$) nur von dem Augenblicke des
Zeugungsactes an sich verbinde und früheres Zusammen-
sein mit demselben nicht denkbar ist, ergibt sich aus der
Erklärung des Aristoteles gegen die Präexistenz; hiemit
wäre zugleich indirect der Zeitpunkt angegeben, in welchem
das Göttliche, Geistige im Menschen mit dem Materiellen
in Zusammenhang kommt.

Aristoteles hat über die Weise der Verbindung des $\nu o \tilde{v} \varsigma$
mit dem Samen eben so wenig Näheres bemerkt, als über
die Art der Conjunction desselben $\nu o \tilde{v} \varsigma$ mit dem Leibe und
der Leibseele während ihres zeitlichen Seins, aber dass
eine Coexistenz in dieser Beziehung bestehe, muss als
thatsächliche Behauptung unseres Philosophen festgehalten
werden. — Das aber bleibt dunkel, wodurch eigentlich der

---

[1]) Aristoteles sagt öfters, „der Mensch erzeuge einen Menschen" —
diess gilt aber nicht auch vom $\nu o \tilde{v} \varsigma$, der eine exceptionelle Stellung
einnimmt.

[2]) Die Berechtigung zu dieser Bezeichnung und Unterscheidung wird
später erhellen.

[3]) $X \omega \varrho \iota \sigma \tau \acute{o} \varsigma$ bezeichnet die Immaterialität, $\chi \omega \varrho \iota \sigma \vartheta \epsilon \acute{\iota} \varsigma$ die reine Geistig-
keit des $\nu o \tilde{v} \varsigma$, wie aus allen bezüglichen Stellen erhellt.

Geist, der weder präexistiren, noch vom göttlichen
νοῦς emaniren darf, denn Aristoteles ist Theist, zur
Existenz gerufen wird. Aristoteles scheint den Creatanismus
zu ahnen, er ist so weit an die Grenzen der Offenbarung
vorgedrungen, dass er das Verhältniss Gottes zur Welt,
wie es ihm vorschwebte, als unzureichend finden, und dass
in ihm die Neugierde nach einer gewissen göttlichen Thatsache (der Schöpfung), die ihm die Sache erklären würde,
mächtig erwachen musste. Da aber Aristoteles das Nähere
hierüber nicht angibt, und die Frage nur bis zu dem Punkte
löst, dass er Präexistenz und Pantheismus ausschliesst, so
sind wir nicht berechtigt, das Eine oder Andere dieser
Lehren unserem Philosophen hier in die Schuhe zu schieben
(trotz einiger Stellen cf. Schelling 2. Abth. I. p. 460).

Die Vernunft (νοῦς).

(Ihr Wesen.)

Der Geist, die Vernunft, wird von Aristoteles definirt
als dasjenige, womit die Seele denkt und auffasst" [1]. Die
Action des Denkens (hier διάνοια) und die des Auffassens
(ὑπόληψις) ist ihm die intellectuelle Thätigkeit des Geistes
überhaupt (was wir etwa jetzt Verstehen, Verstand nennen);
sie ist das eigentliche Denken, das sich vom Phantasiren,
bei welchem kein unterscheidendes Wissen stattfindet, unterscheidet [2]. Aristoteles sagt: Verschieden von Empfindung
und Denkkraft ist die Einbildung. Diese entsteht nicht ohne

---

[1] De an. III. 4: λέγω δὲ νοῦν, ᾧ διανοεῖται καὶ ὑπολαμβάνει ἡ ψυχή.
Hier ist ψυχή Gesammtausdruck für die niederen und höheren Seelenvermögen; diese Stelle an sich spräche für die Einheit der Seele.

[2] De an. III. 8: ὅτι οὐκ ἔστιν ἡ αὐτὴ φαντασία καὶ ὑπόληψις, φανερόν ·
Aristoteles gibt den Grund an: τοῦτο μὲν γὰρ τὸ πάθος ἐφ' ἡμῖν ἐστιν, ὅταν
βουλώμεθα.

Empfindung und ohne jene gibt es kein unterscheidendes
Wissen" [1]). Aus der Denkkraft (*διάνοια*) geht das unterscheidende Wissen (*ὑπόληψις*) und aus diesem die Meinung
(*δόξα*), die Einsicht (*φρόνησις*) und das Wissen (*ἐπιστήμη*)
hervor. Das unterscheidende Wissen (*ὑπόληψις*, auch mit
φρόνησις oft bezeichnet) ist reflectirend, d. h. ist sich des
Unterschiedes zwischen Wahr und Falsch selbst bewusst;
diess ist bei dem Meinen (*δόξα*) an sich nicht der Fall, nur
bei der wahren Meinung, die mit dem unterscheidenden
Wissen zusammenfällt [2]). So wäre nun die Denkkraft und
ihre Thätigkeit im Allgemeinen bestimmt.

Diese Denkkraft wird speciell als Theil der Seele
bezeichnet [3]), auch redet unser Philosoph von einer nicht
ganzen Seele, welche fortbestehen soll, und versteht darunter die Vernunft [4]), dieser Theil ist der denkende Theil
der Seele [5]), und sein Wesen ist das Denken [6]).

---

[1]) L. c.: φαντασία γὰρ ἕτερον καὶ αἰσθήσεως καὶ διανοίας· αὐτή τε οὐ
γίνεται ἄνευ αἰσθήσεως καὶ ἄνευ ταύτης οὐκ ἔστιν ὑπόληψις.

[2]) Ibid. Aristoteles gibt in diesem Cap. bezüglich des unterscheidenden Wissens verschiedene Arten an und in den zwei folgenden Cap.
finden sich Eigenschaften und Merkmale der Denkkraft, die uns nöthigen,
die ὑπόληψις mit dem νοῦς παθητικός identisch zu setzen und vom νοῦς
ποιητικός zu unterscheiden.

[3]) De an. III. 4: Περὶ δὲ τοῦ κυρίου. τῆς ψυχῆς, ᾧ γιγνώσκει τε ἡ ψυχὴ
καὶ φρονεῖ εἴτε χωριστοῦ ὄντος, εἴτε καὶ μὴ χωριστοῦ κατὰ μέγεθος .. σκεπτέον.

[4]) Met. XII. 3: εἰ δὲ καὶ ὕστερόν τι ὑπομένει σκεπτέον· ἐπ' ἐνίων γὰρ
οὐδὲν κωλύει, οἷον εἰ ἡ ψυχὴ τοιοῦτον μὴ πᾶσα ἀλλὰ ὁ νοῦς.

[5]) De an. III. 4: ὁ ἄρα καλούμενος τῆς ψυχῆς νοῦς (λέγω δὲ νοῦν ᾧ
διανοεῖται καὶ ὑπολαμβάνει ἡ ψυχή) οὐδέν ἐστιν ἐνεργείᾳ τῶν ὄντων πρὶν
νοεῖν. Wie sich später ergeben wird, kommt das διανοεῖσθαι und ὑπο
λαμβάνειν dem νοῦς παθητικός zu, der vom νοῦς ποιητικός hier noch nicht
unterschieden ist. Die letzteren Worte unserer Stelle sagen uns, dass
der νοῦς παθητικός pure Potenz, also nicht etwas wahrhaft Seiendes ist,
so lange er nicht in Thätigkeit übergeht, πρὶν νοεῖ. Es erinnert dieser
Ausdruck des Aristoteles fast an das Descartes'sche *cogito ergo sum*.

Jedenfalls darf die Denkkraft, weil sie in ihrem aus der Aussenwelt geschöpften Wissen von den niederen Seelenkräften (ψυχή), welche dieses Wissen vermitteln, abhängig ist, nicht als getrennt (χωρισθείς) von denselben, sondern

---

Was Aristoteles den νοῦς παθητικός nennt, der bloss ἐνεργείᾳ ist, wann er denkt, — diess scheint uns Sengler (I. p. 498) als logisch subjectives Ich zu bezeichnen, während ihm der νοῦς ποιητικός das ideale Ich ist. Da die Theorie Senglers der aristotelischen congruent gebildet ist (ihre Originalität wollen wir nicht untersuchen), so wollen wir sie zur Beleuchtung des Gegenstandes kurz anführen. Sengler gibt folgende Erklärung: „Das logische Ich wendet die Grundgesetze der Abstraction, Reflexion, Combination und Determination und die Gesetze der Identität, des Widerspruches &c. &c. an und bestimmt so den Inhalt. Aber all' diess geschieht doch nur in Bezug auf einen gegebenen Inhalt, an welchem und durch den das Ich eben erscheint; es erscheint sich und steht in Wechselwirkung mit sich in dieser Thätigkeit nur in Beziehung auf einen gegebenen Inhalt. (Aristoteles sagt diess kurz: νοῦς ἐνεργείᾳ ὢν νοεῖ). Das ideale Ich tritt in der Form der Transcendenz hervor und erhebt so das endliche Ich über sich selbst; es bestimmt von seinem idealen Wesen aus das logische und phänomenologische Ich, erhebt sie zu sich ... es erscheint in jenen als das herrschende; bestimmende, Alles umwandelnde Prinzip ... das logische Ich erscheint als Unterscheidungs- und Verbindungskraft, als Reflexionskraft, Verstand und äussert sich als durch das Wesen bestimmte Concentration desselben. Das ideale Ich steigert diese Concentration durch Vertiefung in den idealen Grund des Geistes und Erweiterung des Erkennens durch dieselbe. Es ist die Form für das ideale Grundbewusstsein, des speculativen Tiefsinns und ist auf das urbildliche, wesentliche Ganze gerichtet, um aus ihm die Theile als in sich gegliederte und so verbundene Einheit zu umfassen und sie dem Verstande zur Entwickelung zu übergeben (p. 520). Das Letztere ist abweichend von der aristotelischen Auffassung.

*) Aristoteles fasst das Wesen des νοῦς als Denken, identificirt Denken und Sein, und bezeichnet consequent den νοῦς ποιητικός als leidlos; wo die Fülle der Ideen, da ist kein Leiden. Anders gestaltet sich's, wenn Sein und Denken unterschieden werden (cf. Kleutgen I. 119). Richtig bemerkt Lotze (Micr. II. 154): Das Wesen der Dinge kann weder Sein, noch Thätiges sein, sondern ist Seiendes und Thätiges.

bloss als trennbar (χωριστός) betrachtet werden. Letzteres, weil die Vernunft, mag sie als thätige oder leidende aufgefasst werden, etwas Anderes ist, wie die Seele. Ersteres, weil sie dem Leibe coexistirt und erst nach dem Tode als wirklich getrennt erscheint. Aristoteles hat diess ausdrücklich ausgesprochen. Nachdem er von der Theilbarkeit der Seele gesprochen und hingewiesen hat, dass zerschnittene Pflanzen und Insecten fortleben, indem jedem Theile derselben Empfindung und Ortsbewegung zukommt, fährt er fort: „Bei dem Geiste aber und dem theoretischen Vermögen findet sich nichts dergleichen, sondern er scheint eine andere Gattung Seele zu sein, und desshalb kann er allein abgetrennt werden, gleichsam wie das Ewige von dem Vergänglichen [1]); er ist trennbar, ist an und für sich[2]), ist leidlos[3]),

---

[1]) De an. II. 2! Περὶ δὲ τοῦ νοῦ καὶ τῆς θεωρητικῆς δυνάμεως οὐδέπω φανερόν· ἀλλ᾽ ἔοικε ψυχῆς γένος ἕτερον εἶναι. καὶ τοῦτο μόνον ἐνδέχεται χωρίζεσθαι καθάπερ τὸ ἀίδιον τοῦ φθαρτοῦ. Nach Zabarella (p. 323. c.) scheint Alexander Aphrodis. diese Stelle missverstanden zu haben, denn er sage „intellectum humanum mortalem esse et a corpore inseparabilem; considerat enim illa verba: sed videtur aliud genus animae esse et hoc solum posse separari, sicut perpetuum a corruptibili.

[2]) De an. III. 5: καὶ οὗτος ὁ νοῦς χωριστὸς καὶ ἀμιγὴς καὶ ἀπαθὴς τῇ οὐσίᾳ ὤν ἐνεργείᾳ ... χωρισθεὶς δ᾽ἐστι μόνον τοῦθ᾽ ὅπερ ἐστι &c. Zabarella 665 a. macht den Schluss: Si anima sit immortalis et a corpore separabilis est etiam secundum substantiam separabilis ab aliis animae partibus. Die Trichotomie findet sich offenbar bei Aristoteles.

[3]) De an. I. 4: καὶ τὸ νοεῖν δὴ καὶ τὸ θεωρεῖν μαραίνεται .. ὁ δὲ νοῦς ἴσως θειότερόν τι καὶ ἀπαθὲς ἐστι. Cf. Phys. VII. 3: ἀλλὰ μὴν οὐδὲ τῷ διανοητικῷ μέρει τῆς ψυχῆς ἡ ἀλλοίωσις &c.; de an. III. 4: ἀπαθὲς ἄρα δεῖ εἶναι. Der Sinn der ersten Stelle (I. 4) dürfte wohl der sein: Der einzelne Act des Denkens und des vernünftigen Erschauens der Dinge ist vorübergehend (μαραίνεται); das νοεῖν und θεωρεῖν aber, insofern es das Wesen des νοῦς (ποιητικός) ausmacht, die Actualität desselben die Gesammtheit der ununterbrochen aufeinanderfolgenden Denkacte bleibt; der νοῦς ποιητικός als οὐσία ist unveränderlich, muss sich gleich bleiben in seinem Wesen, Aristoteles bezeichnet ihn consequent als leidlos. Die Erklärung

unverwischt[1]), es muss sich mit ihm verhalten, „wie mit einem Buche, in welchem nichts wirklich Geschriebenes vorhanden ist"[2]); anderseits ist sein Wesen, das wir als pures Denken bezeichnet fanden, Thätigkeit; dieses Wissen zeigt

---

Tendelenburgs (Comment. 271) will uns nicht recht gefallen: Habet se intellectus sicut sensus. Extingitur oculus sed videndi vis interna non extingitur. Ita etiam aliquid intus perit, ut cogitare non possit at mens ipsa manet intacta"; denn Aristoteles bezeichnet den νοῦς ποιητικός, um den es sich hier lediglich handelt, zu scharf als reinen Denkact, als dass eine vis videndi, eine δύναμις zulässig wäre; sollte übrigens Trendelenburg, wie es scheint, unter dem aliquid, das innen zu Grunde geht, und das mit dem oculus (gegenüber der vis videndi) verglichen wird, den νοῦς παθητικός verstehe, so fänden wir uns in der Ansicht bestärkt, den νοῦς παθητικός als blosses Accidenz des νοῦς ποιητικός, welcher Substanz ist, zu fassen, und welches bei dem Aufhören des Menschen einfach wegfällt; es müsste auch die Stelle, welche angibt, der νοῦς παθητικός gehe mit dem Leibe oder wie der Leib zu Grunde, in dem Sinne interpretirt werden: der νοῦς παθητικός hört auf, den Rapport zwischen νοῦς ποιητικός und ψυχή herzustellen, diess war nur accidentelle Bestimmung desselben für das zeitliche Sein im Leibe und für die zeitliche Verbindung mit dem νοῦς ποιητικός.

[1]) De an. III. 5.

[2]) L. c. III. 4: ἀνάγκη ἄρα, ἐπεὶ πάντα νοεῖ, ἀμιγῆ εἶναι, ὥσπερ φησὶν Ἀναξαγόρας, ἵνα κρατῇ ... δυνάμει πώς ἐστι τὰ νοητὰ ὁ νοῦς· ἀλλ' ἐντελεχείᾳ οὐδὲν πρὶν ἂν μὴ νοῇ· δεῖ οὕτως, ὥσπερ ἐν γραμματείῳ ᾧ μηδὲν ὑπάρχει ἐντελεχείᾳ γεγράμμενον. δυνάμει hat zweierlei Bedeutung, so z. B. ist δυνάμει ἐπιστήμων Einer, der noch gar nichts gelernt hat, oder Einer, der etwas gelernt hat, sich aber in diesem Moment dasselbe nicht vergegenwärtigt. In letzterer Bedeutung fasst es Plato in seiner Theorie vom Wissen als Erinnern, in ersterer Aristoteles.

Die Seele als tabula rasa zu betrachten, welche von Aussen ihren Inhalt bekommt, beschrieben wird, ist nicht aristotelisch, obgleich es so scheinen möchte, da nach Aristoteles alle Begriffe erst vermittelst der Erfahrung gewonnen werden. Die Sensualisten haben diese Vergleichung jedenfalls missverstanden (cf. Hegel, Gesch. d. Philosophie II. 342 ff.).

sich eigentlich wirklich als solches in der Getrenntheit des Geistes vom Leibe und dem Sinnlichen" [1]).

Nach dem bisher Angeführten findet sich in der Vernunft eine Theilung, sie zerfällt nämlich nach Aristoteles (νοῦς ποιητικός) und in eine leidende (νοῦς παθητικός) [2]). Wenn wir die Functionen beider auseinanderhalten wollen, so kommt der thätigen Vernunft das Erkennen der Prinzipien zu, die Selbstanschauung [3]), welche auch nach ihrer einstigen Abgetrenntheit vom Leibe ihr Selbstzweck ist [4]);

---

[1]) De an. III. 5; s. ob. S. 60 Anmerk. 2. Vom entkörperten Geiste kann nicht mehr gelten: παρεμφαινόμενον γὰρ κωλύει τὸ ἀλλότριον καὶ ἀντιφράττει (de an. III. 4; Met. XII. 9).

[2]) Zabarella 665. d. (wie die anderen Scholastiker) spricht von einem Intellectus speculativus (νοῦς) und sagt: non est solus intellectus humanus (= patibilis, possibilis = νοῦς παθητικός) sed cum interventu intellectus extrinsecus accidentis, qui est intellectus agens (νοῦς ποιητικός), hic enim non est humanus, sed divinus; speculatio enim est suprema et omnium aliarum nobilissima operatio nostri intellectus, ad quam solus ipse non sufficit, sed eget auxilio intellectus agentis. Dasselbe sagt S. Thom. Aqu. Comment. p. 45: „Accipitur hic (Eth. Nic. VI. 8) intellectus non pro ipsa intellectiva potentia, sed pro habitu quodam, quo homo ex virtute luminis intellectus agentis naturaliter cognoscit principia indemonstrabilia."

[3]) De an. I. 4 s. S. 60 Anmerk. 3.

[4]) Brandis Schol. 806 ad 1072. b: ἔχει δὲ θεῖον τὸ νοεῖν ἑαυτόν. „τοῦτο μᾶλλον ἐκείνου" τοῦτ' ἐστι τοῦ πρώτου νοῦς ἐστιν. ἐκεῖνο οὖν φησὶν ὅπερ δοκεῖ τοῦ ἐνεργείᾳ νοῦ θειότατον καὶ τιμιώτατον, τοῦτο δ' ἐστι νοεῖν ἑαυτόν ... τοῦτο μᾶλλον ἐκείνου τοῦ πρώτου νοῦς ἐστιν· μᾶλλον γὰρ καὶ ἀκριβέστατα νοεῖ ἑαυτὸν ὁ πρῶτος νοῦς, εἴπερ ὁ ἐνεργείᾳ νοῦς ἑαυτόν. οὔτε οὖν ὁ ἐνεργείᾳ νοῦς ἑαυτὸν νοεῖ, ὥςπερ ὁ πρῶτος νοῦς ἑαυτὸν ἀεὶ νοεῖ· οὐδὲν γὰρ ὁ πρῶτος νοῦς ἄλλο νοεῖ ἢ ἑαυτόν. τῷ μὲν γὰρ νοητὸς νοεῖται πρὸς ἑαυτοῦ καὶ τῷ ἐνεργείᾳ καὶ φύσει τῇ ἑαυτοῦ νοητὸν εἶναι ἀεὶ νοούμενος ἔσται δῆλον ὅτι ὑπὸ τοῦ ἀεὶ ἐνεργείᾳ νοοῦντος. ἀεὶ δὲ ἐνεργείᾳ νοῶν ἐστι νοῦς αὐτός. μόνος ἀεὶ ἄρα ἑαυτὸν νοήσει. μᾶλλον δὲ καθ' ὅσον ἐστὶν ἁπλοῦς, ὁ γὰρ ἁπλοῦς ἁπλοῦν τε νοεῖ οὐδὲν ἁπλοῦν ἐστιν νοητὸν πλὴν αὐτό. ἀμιγὴς γὰρ οὗτος καὶ ἄϋλος καὶ οὐδὲν ἔχων ἐν ἑαυτῷ δυνάμει· ἑαυτὸν ἄρα μόνον νοήσει· καὶ ἐστιν ἡ θεωρία, ἐν ᾗ ἑαυτὸν νοεῖ τὸ ἥδιστον καὶ ἄριστον. Cf. Gotteslehre des Aristoteles.

in ihr ist das Gedachte und das Denken Eins, identisch[1]).

Dagegen wird der leidenden Vernunft das discursive
Denken, das vermittelte, durch Abstraction aus der Erfahrung geschöpfte Denken zugeschrieben[2]); sie ist daher
der Sitz der Ideen (τόπος τῶν εἰδῶν), sie bilden ihren Inhalt
und gehen mit ihr unter, sobald die Auflösung des Menschen erfolgt[3]), der thätige Verstand hat nach seiner Trennung vom Leibe keine Erinnerung mehr für diese Ideen[4]).

Aristoteles bezeichnet den leidenden Verstand, insofern
er die Begriffe (Formen) der Dinge in sich aufnimmt, abstrahirt und vermittelt, als Form der Formen (εἶδος εἰδῶν)[5]).
In welchem Sinne die Vernunft so genannt wird, zeigt die
Vergleichung desselben als Form der Formen mit der Hand
als Instrument der Instrumente. Ohne die Hand können die
übrigen Instrumente nicht benützt werden. Doch wenn man
auch eine andere Stelle des Aristoteles (de part. an. IV. 9)
berücksichtigen wollte, so ist die Vergleichung der Vernunft und der Hand unzulässig. Ueberhaupt bleibt diese
Bezeichnung der leidenden Vernunft als Form der Formen
etwas dunkel[6]).

---

[1]) De an. III. 4 beantwortet Aristoteles die Frage, wie der νοῦς sich
selbst denken könne: καὶ αὐτὸς δὲ (ὁ νοῦς) νοητός ἐστιν, ὥσπερ τὰ νοητά·
ἐπὶ μὲν γὰρ τῶν ἄνευ ὕλης τὸ αὐτό ἐστι τὸ νοοῦν καὶ τὸ νοούμενον. Hier ist
νοῦς und νοητά unterschieden wie de an III. 4. §8 νοεῖν und νοητά.

[2]) Das διανοεῖσθαι de, an. I. 4.

[3]) De an. III. 5.

[4]) Ibidem.

[5]) De an. III. 8.

[6]) Denn in dem Sinne, als ob sie Form des Körperlichen sei, ist
sie unzulässig, da nach Aristoteles die Form in der Materie sich ver-
wirklichen muss, der νοῦς aber unvermischt ist, der Dualismus von Stoff
und Form ist bloss auf Leib und ψυχή angewendet (bezüglich des νοῦς
ποιητικός und νοῦς παθητικός könnte er de an. III. 5. §1 u. 3 angedeutet
sein); auch in dem Sinne gilt der fragliche Ausdruck nicht, als ob der

Die Theilung des Geistes in thätige und leidende Vernunft tritt ferner hervor, wenn Aristoteles sagt, dass der Geist Alles wird und Alles thut, jenes kommt der leidenden, dieses der thätigen Vernunft zu. Wir lesen: „Da aber in der ganzen Natur etwas ist, die Materie in jeder Gattung, dieses ist das, woraus als einem Möglichen alles Einzelne wird, ein anderes aber, das die Ursache und das Thätige wird, weil es Alles thut; wie die Kunst sich zur Materie verhält, so müssen auch in der Seele solche Unterschiede sein. Es ist also dieser Geist ein solcher dadurch, dass er Alles thut, wie eine Kraft, z. B. das Licht. Denn auf gewisse Weise macht auch das Licht die der Möglichkeit nach seienden Farben zu wirklichen Farben“ [1].

νοῦς παθητικός die Formen (Begriffe) der Objecte aufnehmend dieselben umformen könnte, die Begriffe sind und bleiben wahr an sich, der menschliche Geist kann sie falsch erfassen, aber sie waren da, ehe er sie erfasste.

[1] De an. III. 5. Alex. Aphrodis. fol. X: εἰς τὰ περὶ φρονοίας τινὰ συντελοῦντα· „τῶν οὐσιῶν κατὰ Ἀριστοτέλην ἡ μὲν ἐστιν ἀσώματος δὲ καὶ ἄνευ σώματος εἶδός τι ἄϋλον καὶ χωριστὸν ἐνεργείᾳ τις οὖσα πάσης δυνάμεως κεχωρισμένη. Ἢν οὐσίαν καὶ νοῦν καλεῖ, νοῦν δὲ τὸν κατ᾽ ἐνέργειαν· ἀεὶ γὰρ νοοῦντα τὸ τῶν ὄντων ἄριστον· τοῦτο δ᾽ ἐστιν αὐτός. αὐτὸν δὴ νοεῖ ὁ νοῦς οὗτος. τὸ γὰρ μάλιστα νοητὸν ὃ μάλιστα νοῦς νοεῖ. μάλιστα δὲ νοητὸν τὸ χωρὶς ὕλης εἶδος. τῇ γὰρ αὑτῆς φύσει ἡ τοιάδε οὐσία νοητή. τὰ μὲν γὰρ ἔνυλα εἴδη νοητὰ μὲν ἐστιν, ἀλλ᾽ οὐ τῇ αὑτῶν φύσει, ἀλλ᾽ οὐδὲ καθ᾽ αὑτά. ἀλλ᾽ ὁ νοῶν αὐτὰ νοῦς νοητὰ αὐτὰ ποιεῖ χωρίζων αὐτὰ τῆς ὕλης τῇ ἐπινοίᾳ. Die Unterscheidung von intellectus agens et possibilis fand Aristoteles für nothwendig, warum, wird später erhellen; cf. Thom. Aqu. s. theol. col. 1111. 1113. Bezüglich des Lichtes, womit der νοῦς ποιητικός von Aristoteles verglichen wird und woran die Scholastiker weitläufige Speculationen anknüpfen, bemerkt S. Thom. Aqu. col. 1114: „Arist. lib. 3 de anima comparavit intellectum agentem lumini, quod est aliquid receptum in aëre. Plato autem intellectum separatum imprimentem in animas nostras comparavit soli, ut Themistius dicit in comment. 3. de an.“ Malebranche behauptete, dass die Erkenntnisskraft sich nur leidend verhalte und alle Thätigkeit, die im Erkennen sei, Gott zugeschrieben werden müsse. Kleutgen I. 81. Cf. Zabarella p. 918.

Die Scholastiker haben verschiedenerlei Ansichten über die leidende Vernunft, bezüglich ihrer Beschaffenheit und Natur, sowie bezüglich ihrer Thätigkeit. Es werden Fragen aufgeworfen, wie diese: ob die leidende Vernunft Substanz oder Accidenz sei, ob eine organische Kraft, ob sie im Einzelnen eine Individualität sei oder in allen Menschen nur eine Einzige [1]).

---

[1]) Franciscus Tolet. S. J. hat diese Meinungen so ziemlich gesammelt p. 133 — 134. Franciscus selbst hält den νοῦς παθητικός für eine Accidenz des νοῦς ποιητικός; er ist (wie Averroës, den er citirt) gegen die Annahme, dass der νοῦς παθητικός eine organische (also zur ψυχή gehörige Kraft sei. Er führt Alex. an, welcher einen dreifachen Intellectus annehme: der Erste ist in der Potenz und wird possibilis genannt, und dieser sei eine gewisse Vorbereitung der Seele zur Aufnahme des Einflusses von Seite des intellectuellen Agens; quem vocant Deum; et hoc quod hoc influxu accedente recipit speciem et fit intellectus habitu .. hi sunt tres intellectus. Illam vero praeparationem et aptitudinem, quae intellectus potentia dicitur, putat esse virtutem corpoream et organicam ex commixtione elementorum resultantem cum ipsa anima et hinc affirmavit opinionem: animas rationales esse formas corruptibiles eductasque de potentia materiae reliquas omnes formas corporum.

Als eine andere Meinung gibt Franciscus Tolet. die der Araber Avemp. und Almuzar (wie sie Averroës comment. 5 darstellt) an: Isti putaverunt intellectum possibilem esse imaginativam vim, in qua recepta sunt phantasmata sensibilia.

Dieselben haben auch die Ansicht: Omnes homines habent unum intellectum agentem, separatum et per se existentem, hunc autem illustrare phantasmata, quae sunt in imaginativis diversorum hominum, ita ut per talem illustrationem in phantasmate appareat natura universalis, imaginatio autem quatenus continet phantasmata illustrata dicitur intellectus possibilis. ..

Plutarch folgt Plato (wie uns Philoponus berichtet) und meint, es gebe viele intellectus nach Zahl der Individuen, und der intellectus sei keine virtus organica; er hält auch fest, dass die anima rationalis nicht Form des Körpers sei, sondern sich verhalte wie der Schiffer im Schiffe. Bezüglich des Eintrittes des intellectus in den Körper asserit animam et intellectum introduci eam speciebus rerum omnium (bei Franc. Tolet. p. 133 ff.). Wir finden hier immer die Neigung, den νοῦς παθη-

Wir halten uns an Aristoteles selbst mit Berücksichtigung dieser Ansicht.

Besonders ist es von Interesse, die Auffassung der leidenden Vernunft von S. Thom. Aquin kennen zu lernen, wie er sie in seiner Summa Theologia uns bietet. Er sagt: Dadurch, dass der Geist die Formen der begrifflichen Dinge in sich aufnimmt, ist es ihm möglich, thätig zu sein, wenn er will, nicht aber, dass er immer thätig und auch im letzteren Falle ist er gewissermassen potentielles Denken, aber anders als vor der Erkenntniss des Begrifflichen, er hat einen Habitus zum Denken und Reflectiren in Wirklichkeit (in actu) [1]).

Wenn nun auch in der Vernunft ein leidender und thätiger Theil angenommen wird, so muss doch festgehalten werden, dass diese Unterscheidung eine bloss formelle bei Aristoteles ist, im Wesen des Geistes ($νοῦς$) ist sie nicht

---

τικός zu den niederen Seelenvermögen zu rechnen, obgleich diess durchaus gegen Aristoteles ist, sowie besonders von Seite der arabischen Commentatoren die, dem Aristoteles in der Theorie vom νοῦς pantheistische Auffassung aufzuoctroyiren.

[1]) p. 117 bemerkt Thom. zu Ar. de an. III. 4 das Angeführte. Der griechische Text lautet: ὅταν δ' οὕτως ἕκαστα γένηται, ὡς ἐπιστήμων λέγεται ὁ κατ' ἐνέργειαν· τοῦτο δὲ συμβαίνει, ὅταν δύνηται ἐνεργεῖν δι' αὑτοῦ· ἔστι μὲν ὁμοίως, καὶ τότε δυνάμει πως· οὐ μὲν ὁμοίως καὶ πρὶν μαθεῖν ἢ εὑρεῖν. Die Uebersetzung (und diess sei zugleich eine Probe der Scholastik) lautet: Cum intellectus possibilis sic fiat singula ut sciens dicitur quis secunddum actum, hoc autem accidit cum possit operari per seipsum, est quidem et tunc potentia quodam modo, non tamen simpliciter, ut ante addiscere aut invenire. — Dicitur autem intellectus possibilis fieri singula secundam quod recipit species singulorum. Ex hoc ergo quod recipit species intelligibilium habet quod possit operari cum voluerit, non autem quod semper operetur, quia et tunc est quodam modo in potentia sed aliter quam ante intelligere eo scil. modo quo sciens in habitu, est in potentia ad considerandum in actu.

begründet, der Geist nicht zusammengesetzt [1]), „er ist Eins
und stetig wie das Denken" [2]).

Die thätige und die leidende Vernunft in ihrem gegenseitigen Verhältniss.

Zeller macht bei der Feststellung des Verhältnisses
zwischen thätiger und leidender Vernunft die für unsere
Untersuchung entmuthigende Bemerkung, dass es unmöglich
sei, die aristotelische Lehre von der doppelten Vernunft
mit sich selbst in Einklang zu bringen [3]), allein wir müssen
diess doch versuchen, weil die Lösung unserer Frage mit dieser Lehre von der Vernunft zusammenhängt. — In dem Verhältniss der Vernunft zum Leibe tritt uns ein schroffer Dualismus
entgegen, besonders, wenn wir in's Auge fassen, dass jene
„von aussen" (ϑύραϑεν) in diesen gekommen und „getrennt"
im Leibe existirt; aber es lassen sich doch Erklärungsgründe finden, die jene Schroffheit lindern; so bemerkt Kym
(p. 20) bezüglich des Getrenntseins der Vernunft im Leibe:
„wie sollte einem Aristoteles, der den Begriff des Organischen zuerst in seiner vollsten Tiefe geschaffen, bei einer
solchen Fassung nicht der Mechanismus in die Augen gefallen sein? Dem Sinne nach kann daher mit jenem „Getrenntsein" (Trennbarkeit, χωριστόν) auch in der Psychologie nur
die Selbstständigkeit und Unabhängigkeit, sowie die Würde
des Geistes der höchst mögliche Grad der Spontaneität

---

[1]) Nachdem Aristoteles (de an. I. 4) die Ansicht Einiger, dass die
Seele eine Harmonie, d. h. eine Zusammensetzung von Grössen sei, angeführt hat, fügt er die rhetorische Frage an: τίνος οὖν ἢ πῶς ὑπολαβεῖν
χρὴ τὸν νοῦν σύνθεσιν εἶναι.

[2]) Anders meint Themist. und Theophrast, wie wir später sehen
werden.

[3]) Philophie der Griechen. II. 2, p. 442.

gemeint sein" [1]). Schwerer gestaltet sich aber eigentlich die Sache bei Darstellung des Verhältnisses der thätigen zur leidenden Vernunft, weil Erklärungsgründe fehlen zum grössten Theil; wir können uns die Sache etwa am klarsten machen, wenn wir thätige und leidende Vernunft einerseits in ihrer Unterschiedenheit, andererseits in ihrer Zusammengehörigkeit betrachten.

Bezüglich des Unterschiedes beider bemerken wir, dass der thätigen Vernunft Eigenschaften zugeschrieben werden, welche wir an der leidenden Vernunft nicht finden, die mit derseben nicht vereinbar sind: die thätige Vernunft nemlich ist leidlos, unvermischt, ihrem Wesen nach purer Act („thut Alles") und zwar Denkact [2]). Dieses ihr Wesen tritt in ihrer Getrenntheit vom Leibe nach dem Tode besonders rein hervor. Den Inhalt dieser denkenden Thätigkeit der Vernunft bilden Erkenntnissprinzipien, überhaupt das Erkennen der Prinzipien, und es ist in dieser Vernunft das Gedachte und das Denken identisch, wie bei Gott, an dessen Natur sie participirt; in der thätigen Vernunft endlich ist der Sitz der Persönlichkeit.

Der leidenden Vernunft dagegen ist es eigen, das von der Aussenwelt kommende Wissen zu vermitteln (Abstractionsvermögen) [3]), dieses Wissen bildet ihren Inhalt

---

[1]) In diesem Sinne steht Gott ganz parallel, er ist πρώτη οὐσία, welche ebenfalls als ein χωριστόν (der ὕλη gegenüber) bezeichnet wird, Met. XII. 1. Cf. Trendelenburg, Geschichte der Kategorienlehre p. 54.

[2]) Die thätige Vernunft steht desshalb auch höher als die leidende, denn „das Thuende ist ehrenwerther als das Leidende, und das Princip höher als die Materie (de an. III. 5).

[3]) Francisc. Tolet. erklärt (p. 134 col. 2) die Thätigkeit des νοῦς παθητικός so: Der intellectus possibilis participirt an dem lumen des intellectus agens, nicht dadurch, dass er einige Begriffe aufnimmt in sich; Letzteres nimmt Averroës an; es ist schon erörtert worden.

Bei Zabarella finden wir (p. 921. b.), dass Averroës (comment. 18. lib. 3 de an) die Abstraction durch den intellectus agens geschehen lässt,

dessen auch die thätige Vernunft bewusst wird), daher sie
Form der Formen genannt wird, zu diesem Wissen verhält
sie sich leidend, sie ist — in einem gewissen Sinne — ein
unbeschriebenes Buch, das nach und nach beschrieben wird;
weil die leidende Vernunft mit dem Stoffartigen (sinnlichen
Vorstellungen, Bildern der Phantasie) in Rapport und Be-
rührung kommt, ist sie nicht unvermischt, sie ist auch nicht
purer Act, sondern Potenz ("sie wird Alles"); die thätige
Vernunft ist Substanz, ein Accidenz von ihr ist die leidende
Vernunft [1]; die letztere ist der ersteren beigegeben, um den
Rapport mit der Sinnenwelt zu vermitteln, die Erkenntniss
der Aussenwelt zu ermöglichen; die thätige Vernunft vergeht nie, während die leidende vergänglich ist [2].

Bezüglich der Zusammengehörigkeit der thätigen
und leidenden Vernunft sehen wir, dass die letztere nicht
zur Leibseele gehören kann, weil ihre Functionen wesentlich von denen der ψυχή abweichen; zudem sind thätige
und leidende Vernunft trennbar von der Leibseele, die erstere
steht ohnediess nur indirect mit derselben in Verbindung
und die Thätigkeit der Vernunft trägt nach Aristoteles zum
Bestehen des Leibes und der Leibseele nichts bei. Die
thätige Vernunft coexistirt bloss der ψυχή und dem Leibe
während des Lebens. Thätige und leidende Vernunft bilden
zusammen ein Ganzes, das wesentlich etwas Anderes ist,

---

und behauptet, desshalb habe Aristoteles die Theorie vom νοῦς ποιητικός erfunden (ejus — scil. intellectus agentis — actio est abstractio).

[1]) Themist. und Theophrast sehen im νοῦς ποιητικός und παθητικός
substantielle Theile des νοῦς.

[2]) φθαρτός, wozu Trendby Comm. 494: φθαρτούς vero propterea,
quod a sensibus i. e. a corpore caduco vim et principium repetunt. Die
thätige Vernunft vergeht nicht, weil sie οὐσία ist. Auf den eigentlichen
Begriff von Einfachheit der Seele reflectirt Aristoteles nicht bei seiner
Beweisführung für die Unsterblichkeit, er begnügt sich zu sagen φαί-
νεται οὐσία τις οὖσα καὶ οὐ φθείρεται (scil. ὁ νοῦς).

als die Leibseele; se gehören auch desshalb zusammen, weil
sie in ihrer Activität von einander abhängen, die leidende
Vernunft denkt nichts ohne die thätige; letztere bietet die
Erkenntnissprinzipien, also den Anhaltspunkt der Abstraction;
durch die leidende Vernunft wird sich hinwiederum die thätige Vernunft der Aussenwelt begrifflich bewusst. Ferner
sind beide Eines Ursprunges; indem die leidende Vernunft
als accidentelle Potenz der thätigen erscheint, erhellt ihre
Einheit von selbst; endlich hat Aristoteles ausdrücklich eine
wesentliche Zusammensetzung in der Vernunft negirt (de an.
I. 4) und dieselbe als substantielle Einheit bezeichnet (de
an. III. 5).

Wir müssen uns nun auch die Gründe vorführen, die
unseren Philosophen veranlassten, die Theorie von der
thätigen Vernunft (νοῦς ποιητικός) aufzustellen. Wir finden, dass Aristoteles den thätigen Verstand erfand für sein
System der Psychologie, um die Würde des Geistes zu
erheben, allen Materialismus ferne zu halten, die Idee der
Unsterblichkeit zu retten, sowie die Beziehung des Menschen
zu Gott denkbar zu machen; Letzeres konnte die leidende
Vernunft nicht, denn vom Endlichen gelangt man nicht für
sich zum Unendlichen[1]); Aristoteles sah sich zu dieser Theorie
auch desshalb genöthigt, weil er aus den Wechselwirkungen
der Empfindungen und Vorstellungen allein alle zusammen-
gesetzteren und höheren Leistungen des geistigen Lebens
nicht entwickeln konnte, ohne eine andere erneute Mit-
wirkung der Natur der Seele ausser der zuzugestehen, welche
aus dem bloss formalen Charakter ihrer Einheit sich ergibt[2])·

---

[1]) Aristoteles verpflanzt ex abrupto ein göttliches Prinzip in den Menschen, um die Kluft zwischen Göttlichem und Menschlichem auszufüllen,
die auch er (unbekannt mit der Offenbarung) anerkennen musste.

[2]) S. Thom. S. Theol. p. 1111 art. III: Dicendum, quod secundum
opinionem Platonis nulla necessitas erat, ponere intellectum agentem
ad faciendum intelligibilia in actu, sed forte ad praebendum lumen in-

Diess sind die inneren Gründe für die Theorie von der thätigen Vernunft, der äussere Grund und die Veranlassung zu derselben ist die Theorie von der göttlichen Vernunft, welcher die von der menschlichen (thätigen) Vernunft congruent gebildet ist [2]).

Zur Annahme der Theorie von der leidenden Vernunft (νοῦς παθητικός) fühlte sich Aristoteles genöthigt, nachdem er einmal die schroffe Kluft zwischen Geist und Materie angenommen hatte; wird diese nämlich festgehalten, so ist weder ein Erkennen der Aussenwelt, noch ein Rapport mit den sinnlichen Vermögen von Seite des Geistes denkbar, es musste daher ein vermittelndes Prinzip eingeschoben werden, diess ist die leidende Vernunft.

Zur Annahme einer doppelten Vernunft, sagt Ritter (Gesch. d. Philos. d. alten Zeit III. p. 285) fühlte sich unser Philosoph gedrängt, weil er die allmählige Entwicklung des

----

telligibile intelligenti (cf. art. IV), wo der intellectus agens nicht als etwas Wesentliches der Seele, sondern als altius anima hingestellt wird (nach Joan. 1, 9: erat lux vera, quae illuminat omnem hominem &c.); es ist diess also eine Abweichung von Aristoteles und wenn man will eine Fortbildung des aristotelischen Begriffs vom νοῦς ποιητικός. Indem Thomas negirt, dass der νοῦς ποιητικός aliquid animae sei, beruft er sich auf die Stelle de an. III. 1: „Der Geist denkt bald, bald denkt er nicht", — was natürlich mit einer οὐσία unvereinbar wäre, allein da unser Philosoph den νοῦς ποιητικός als οὐσία hinstellt und alle Merkmale, die er von einer solchen angibt, auf diesen νοῦς ποιητικός (wie wir sehen werden) ihre volle und stricte Anwendung finden, so müssen wir zur Erklärung dieser Stelle einen allgemein bei Aristoteles giltigen Standpunkt annehmen und von da aus über den Sinn entscheiden. Den ganz nahe liegenden unbestreitbaren Entscheidungspunkt nun in dieser Beziehung gibt uns die Distinction des Aristoteles zwischen νοῦς ποιητικός und παθητικός; ersterer denkt immer sich selbst — ist also immer — ist οὐσία — ist aliquid animae; letzterer denkt bald, bald denkt er nicht, ist Potenz, nicht purer Act, ist Accidenz.

[1]) Cf. Gotteslehre des Aristoteles.

geistigen Lebens, den Unterschied des Denkvermögens und
der wirklichen Denkthätigkeit nicht übersehen konnte, während doch seine sonstigen Grundsätze ihm verboten, die
reine Vernunft sich in irgend einer Beziehung stoffartig zu
denken, oder ihr wenigstens Eigenschaften und Zustände
beizulegen, wie sie nur dem Stoffe zukommen können."
Unbegreiflich erscheint es uns daher, wenn Trendelenburg
die leitende Vernunft als den einheitlichen Innbegriff aller
sinnlichen Thätigkeiten nach ihrer Beziehung auf's Denken
hinstellt.[1]).

Die scholastische Auffassung von thätiger und leidender Vernunft.

Die Scholastiker haben die Theorie von der thätigen
und leidenden Vernunft in ihrem gegenseitigen Verhältniss,
sowie von der Beziehung derselben zu den niederen Seelenvermögen mannigfach erklärt und weiter ausgesponnen, frei-

---

[1]) Comment. p. 493: Aristotelem ab anima vegetanti ad sentientem,
a sentiente in cogitantem ita ascendere vidimus, ut superior inferiori
tanquam fundamento niteretur eamque quasi involutam haberet. Quae
a sensu inde ad imaginationem mentem antecesserunt ad res percipien-
das menti necessaria, sed ad intelligendas non sufficiunt. Omnes illas,
quae praecedunt facultates in unum quasi nodum collectas quatenus ad
res cogitandas postulantur νοῦν παθητικόν dictas esse judicamus. Παθητικόν quidem, quod tum ab agente intellectu ad perfectionem perducun-
tur tum a rebus, in quibus versantur, afficiuntur et occupantur. Trendelenburg fügt consequent die Frage an: Ita si animae partes et facultates in unum coalescunt, si in reliquis ex inferioribus superior ita ena-
scitur, ut earum perfectio sit nec superior ab inferiori avelli possit, quid
est quod Aristotelem adduxit, ut praeclara serie abrupta novum idque
extrinsecus inferret? Wir haben diese Frage schon beschieden; Aristoteles hat den Gegensatz zwischen Form und Stoff, Geist und Körper,
eben nicht gelöst und nicht lösbar gemacht. Die sinnliche Sphäre schliesst
mit der Leibseele ab, mit dem Geiste beginnt eine neue. Aristoteles
unterscheidet aber zu deutlich und scharf den Geist von den Vermögen,
welche der empfindenden thierischen Seele zukommen, als dass er dieselben zum νοῦς hätte rechnen können.

lieh oft auf Kosten des Aristoteles, dem dabei Verschiedenes untergeschoben wurde, was eben weder in seinen Aussprüchen liegt, noch mit seinen Prinzipien vereinbar ist. Im Vorausgehenden haben wir uns über das fragliche Verhältniss der thätigen und leidenden Vernunft möglichst aufgeklärt und dabei schon mehrere scholastische Deutungen berücksichtigt, dennoch dürfte ein kleiner Ueberblick über die hauptsächlichsten Auffassungen der Scholastiker in dieser Frage nicht unnöthig erscheinen. Die Beziehung der thätigen Vernunft (intellectus agens) zu den niederen Seelenvermögen (Phantasie, Erinnerungsvermögen) lässt S. Thomas, wie Zabarella eigens hinweist, eine unmittelbare sein, nach ihm tritt der thätige Verstand mit den Phantasiebildern in unmittelbare Verbindung. Diese Ansicht theilt auch Zabarella[1]), der sich sehr ereifert über die andere Meinung von der bloss mittelbaren Verbindung zwischen der thätigen Vernunft und den Phantasmen[2]) Wie sehr bei solcher Erklärung das von

----

[1]) Wir benüten Zabarella, weil derselbe mit Cremonini der letzte Peripatetiker des Mittelalters ist, alle vorhergehenden Scholastiker fleissig und gewissenhaft benütst hat und die eigentliche scholastische Ansicht über Aristoteles repräsentirt.

[2]) p. 918: haec sententia mihi probari nulla ratione potest, quum per eam tollatur tota ratio agentis. Si enim intellectus agens jungitur illis confusis conceptionibus jam receptis in intellectu patibili, jungitur potius ut forma, quam ut agens. Wie wir wissen, ist der νοῦς παθητικός εἶδος εἰδῶν, Abstractionsvermögen. Pomponatius p. 20 macht sogar dem Aristoteles Vorwürfe, dass er gesagt habe, bisweilen denke der νοῦς ohne Phantasiebilder; Mirum eat, quod Aristoteles posucrit, intellectum aliquando intelligere sine phantasmate et tamen in omnibus locis dicat, quod non est intelligere sine phantasmate. Aristoteles lässt den νοῦς ποιητικός sich selbst denken, hiebei bedarf derselbe wie beim einstigen θεωρεῖν keine vermittelten Begriffe.

Wenn Zabarella p. 919 b. noch weiter seine Ansicht über die unmittelbare Verbindung zwischen thätiger Vernunft und Phantasiebildern darlegt, weicht er von Aristoteles ab.

Aristoteles so sehr hervorgehobene Getrenntsein des νοῦς
von allem Stoffartigen, Sinnlichen (das χωρισθείς) ignorirt
wird, ist einleuchtend.

Diejenigen nun, welche die thätige Vernunft sich mit
den in die leidende Vernunft bereits aufgenommenen Phantasiebildern (also mittelbar) verbinden lassen, bedienen sich
zur Erklärung dieses inneren Denkprozesses eines Gleichnisses: Um eine Statue zu sehen, beleuchtet man sie, dann
nimmt das Auge die Linien derselben, die zuvor dunkel,
verwischt, undeutlich (confusae) waren, besser wahr. Diess
auf die Action des denkenden Geistes übertragen, lässt uns
in der Statue die Phantasmen, im Auge die leidende Vernunft, im Lichte, das zur Beleuchtung und Hervorhebung
der Grundlinien und Züge der Natur angewendet wird, das
Licht (lumen) der thätigen Vernunft, die ein göttliches Licht
ist (und bei Plato das Auge für die göttlichen Dinge genannt wird) erkennen. Nun bedarf nicht das Auge (die
leidende Vernunft) des Lichtes (lumen des intellectus agens)[1],
auch die Statue an sich (die Phantasmen) bedarf nicht des
Lichtes, um erkannt zu werden [2], wohl aber die Statue
in ihren feineren Grundlinen und Zügen, die Phantasie-

Die Anderen, auf Arist. de an. III. 1, wo er sagt, dass die Vernunft
von aussen Begriffe vermittle, sich berufend, behaupten; absque ullo
auxilio intellectus agentis ergo phantasmata sunt per se ipsa sufficienter
praesentia intellectui patibili, ut ab eo apprehenduntur tanquam confusae
quaedam conceptiones singularium; per eas tamen non apprehenduntur
quidditates, quia non apparent, sed illis confusis conceptionibus adveniens
lumen intellectus agentis resolvit eas in quidditatem, et quidditatem a
quidditate distinguit.

[1] Non quaerimus ut illuminentur oculi, quoniam oculi non egent.
Zab. p. 919.

[2] Statua per se potest imprimere in oculo speciem confusam, non
illud lumen requirit, sed solum requiritur propter lineas illas. Ibid.

bilder, insofern sie Begriffe enthalten [1]). Diese ganze Theorie
ist eigentlich eine freie Fortsetzung der aristotelischen.

Die aristotelische Trichotomie.

(Dreitheilung des Menschen.)

Ehe wir daran gehen, die Einheit des Menschen bei
Aristoteles darzustellen, müssen wir erst nachweisen, dass
dieser Philosoph drei wesentliche Bestandtheile der menschlichen Natur angenommen, dass er somit die Trichotomie
gelehrt habe.

Die Kluft zwischen Materie und Geist besteht und ist
darin eine absolute Trennung beider angenommen. Der Leib
ist mit einem Prinzip begabt, das von ihm (als Materie)
verschieden ist und sich auch bei den Thieren findet, es ist
die Leibseele (eine potenzirte Thierseele), $\psi v \chi \acute{\eta}$; diese ist
vom Geiste ($vo\tilde{v}\varsigma$) schon durch ihren gesonderten Ursprung
verschieden, sie ist es noch mehr durch ihre Functionen,
welche auf das Stoffartige, Sinnliche gerichtet sind, während die des Geistes rein geistiger, unsinnlicher Natur sind.
Die Leibseele ist für sich thätig, ehe der Geist „von aussen“
zu ihr tritt, sie erfüllt ihren Zweck, Form des Leibes zu
sein, ohne den Geist. Der Geist wird ausdrücklich eine
andere Gattung Seele genannt; es zeigt sich diess auch,
indem seine Natur gerade dann als pur und rein sich mani-
festiren soll, wann er vom Leibe getrennt ist. Da der Geist
für sich fortexistiren kann nach dem Tode, so ist er eine
Substanz für sich; überhaupt unterscheiden ihn die Eigenschaften, welche ihm beigelegt werden, wesentlich von der

---

[1]) Diese feineren Züge gehen von selbst, freilich unerkannt, in den
intellectus patibilis über, der diese entdeckt und erschaut, sobald das
lumen des intellectus agens hinzutritt.

Leibseele, diese ist der vernunftlose, jener der vernünftige Theil der Seele [1]).

Mit dem Leibe steht der Geist nach ausdrücklicher Bemerkung unseres Philosophen in gar keiner directen Verbindung. Die Leibseele, einestheils vom Leibe, anderntheils vom puren Geiste unterschieden, steht als Mittelglied zwischen beiden.

Diese Angaben nöthigen uns, nicht einen formellen, sondern einen reellen wesentlichen Unterschied zwischen Leib, Leibseele und Geist in Aristoteles anzunehmen. Es gibt jedoch auch einige Gründe, welche einer solchen Annahme entgegen zu sein scheinen: Aristoteles hat bei seiner consequent durchgeführten Entwicklungsreihe der Wesen die Classen nicht von dem Gradunterschiede der Kräfte [2]), sondern vom numerischen Uebergewicht der Kräfte in denselben abhängig gemacht. Der Mensch unterscheidet sich von der Classe der Thiere dadurch, dass bei ihm zum Ernährungs-, Empfindungs-, Bewegungsprinzip die Denkkraft hinzutritt. Die genannten niederen Seelenvermögen und Kräfte sind aber zur wesentlichen Einheit verbunden, sie sind eben das, was wir Leibseele nennen; da nun der Geist ein wesentliches Unterscheidungsmerkmal der Menschen von den Thieren ausmachen, die bisherige Stufenreihe consequent fortgeführt, also die vorhandene Einheit von Kräften nur um eine neue Kraft (folglich numerisch)

---

[2]) Wie neuere Psychologen, z. B. Lotze, annehmen zu wollen scheinen, Micr. II. 168: „Ungelöst bleibt der Zweifel, ob nicht vielleicht ohne wesentlichen Unterschied, nur durch die Grösse seiner Entwicklung bevorzugt, der menschliche Geist sich an das Seelenleben der Thierwelt anschliessen möge." Nur soviel ist nach Aristoteles zulässig, dass die Leibseele eine potenzirte Thierseele ist, der νοῦς ist wesentlich anders.

vergrössert werden soll, so müsste man eine wesentliche
Verbindung zwischen Leibseele und Geist annehmen, die
Trichotomie somit bei Aristoteles ganz aufgeben.

Allein dem widersprechen die angegebenen Gründe aus
Aristoteles; auch ist die consequente Entwicklung der
Reihe der Wesen insofern nicht unterbrochen, als eine Ein-
heit zwischen Leibseele und Geist durch die beiderseitige
Coexistenz im Leibe und für das leibliche Dasein vorhanden
ist*); freilich ist es keine wesentliche Einheit, wie die der
Kräfte in der Leibseele, von einer Immanenz der ψυχή im
Geiste muss man Umgang nehmen, obgleich Aristoteles
immer das Niedere im Höheren enthalten wissen will. Unser
Philosoph hat ja durch seine Theorie vom reinen Geiste
das aufgestellte System der Reihe von Wesen selbst unterbrochen, hat im Menschen, um die Würde (desselben) sowie
die Fortdauer desselben dem höheren Prinzip nach zu wahren, denphysikalischen Standpunkt fallen lassen und den metaphysischen aufgenommen, indem er sich vom Prinzip des
Zweckes leiten liess.

Ein anderer schwieriger Punkt, der bei der aristotelischen Trichotomie zu berücksichtigen ist, findet sich in der
Lehre von der persönlichen Unsterblichkeit, welche durch
diese Dreitheilung des menschlichen Wesens, wegen dieser
Losreissung der niederen von den höheren Seelenvermögen
schwer nachweisbar wird. Doch wenn wir nachweisen, dass
der Sitz der Persönlichkeit im Geiste (νοῦς) ist und eine
gewisse Verbindung zwischen höheren und niederen Seelenvermögen sich findet, so schwindet auch diese Schwirigkeit.

So steht also fest, dass Aristoteles die Trichotomie
gelehrt hat; er hatte hierin Plato zum Vorgänger, wenn
sie auch bei ihm nicht in so mythischem Gewande erscheint,

---

*) Um dieser Coexistenz des νοῦς zur ψυχή und zum σῶμα ist letz-
terer und die ψυχή mit grösserer Entwicklungsfähigkeit begabt.

wie bei diesem. Plato lässt nämlich im Timaeus (41 ff.)
ganz ungezwungen erzählen: „Nachdem der Weltbildner
das Weltgebäude im Ganzen und das Götterwesen darin
(die Gestirne) geschaffen hatte, befahl er den gewordenen
Göttern, die sterblichen Wesen hervorzubringen. Diese nun
bildeten den menschlichen Leib und den sterblichen Theil
der Seele, er selbst aber bereitete ihren unsterblichen Theil
in demselben Gefässe, wie früher die Weltseele" [1]).

In der Scholastik wie später wurde die Trichotomie
gelehrt [2]); kirchlich wurde sie, wie wir an Günther sehen,

---

[1]) Cf. Zeller II. 525.

[2]) S. Thomas von Aquin, der in seiner Psychologie mehr, als
man erwarten könnte, den philosophischen Auffassungen früherer Zeit
Rechnung getragen, hält bezüglich des Ursprungs der Seele fest, dass
die Seele des Menschen von Gott erschaffen und mit dem Körper ver-
einigt werde. Er weist nach (Pars I. qu. 118 art. 1), dass die empfindende Seele (anima sensitiva) wie bei den Thieren so auch bei den
Menschen aus dem Samen erzeugt werde. Denn sie könne nicht von
Gott erschaffen werden, weil sie kein selbstständiges Dasein, sondern
nur ein am Körper sich äusserndes Leben habe. Die ernährende Seele
(anima vegetativa) nehme ihren Ursprung vom Weibe (ibid. ad. 4). Das
Weib nämlich nährt den werdenden Menschen mit seinem Blute und
soll daher überhaupt für das leibliche Bestehen des Menschen sorgen,
aber der Geist (anima intellectiva, Vernunft und freier Wille) könne
nur von Gott erschaffen werden, weil nichts Materielles die Ursache
eines Geistigen sein könne (ibid. art. 2). Um den Vorwurf der Trichotomie, der auf Grund solcher Auffassung berechtigt ist, von sich abzu-
wälzen, wird die Hypothese eingeschoben, dass mit dem Eintreten der
Geistseele (anima intellectiva) in den Körper die Leibseele (anima sensitiva) aufhöre, dass sie von jener aufgenommen werde, dass der Geist
die Functionen der Thierseele übernehme. P. I. qu. 118 art. 1 ad 2:
Cum generatio unius semper sit corruptio alterius, necesse est dicere,
quod tam in homine quam in animalibus aliis quando perfectior forma
advenit, fit corruptio prioris, ita tamen, quod sequens forma habet quidquid habebat prima et adhuc amplius: et sic per multas generationes et
corruptiones pervenitur ad ultimam formam substantialem tam in homine,
quam in aliis animalibus. Et hoc ad sensum apparet in animalibus ex

nicht anerkannt[1]). Bezüglich der früheren Theologen bemerkt
Carus und gibt damit auch die jetzige Auffassung vom Wesen
der menschlichen Seele: dass dieselben, z. B. Thomas von
Aquin, keinen Anstand nahmen, die Seele, sowie nach einer
Richtung hin das Letzte, das Erkennen, so gleichzeitig nach
einer anderen Richtung das Erste — das Ernährende und
Bildende — zumtheilen, da von ihnen hierin um so weniger
ein Widerspruch gegen die Unsterblichkeitslehre erblickt
werden konnte, als sie vorausahnten, es könne durch das,
was wir sterben nennen, in einer allerdings die organische
Bildung mitbedingenden Seele nur eine Umänderung des
Seelenlebens, nämlich eine Aufhebung einer gewissen Richtung
derselben, aber keineswegs ein vollkommenes Erlöschen ihrer
Grundideen gesetzt werden (p. 5).

Die persönliche Einheit des Menschen
(bei Aristoteles).

Wie aus dem Vorhergehenden erhellt, ist die Menschen-
natur bei Aristoteles aus drei Prinzipien zusammengesetzt,
welche während ihres zeitlichen Zusammenseins in einer mehr
mechanischen als organischen, innerlich wesentlichen Verbindung zu stehen scheinen, wenigstens nimmt man diess
bezüglich des Geistes und der Leibseele wahr, zwischen
Leib und Leibseele finden wir dagegen eine innigere Vereinigung.

Betrachten wir aber die aristotelische Auffassung vom
Standpunkte seiner Metaphysik, so findet sich hier in der

---

putrefactione generatis. Sic igitur dicendum est, quod anima intellectiva
creatur a deo in fine generationis humanae quae simul est sensitiva et
nutritiva, corruptis formis praeexistentibus.

[1]) PH PP. IX. Breve de libris et doctrina Guentheri 8. Jan. 1857:
Noscimus iisdem libris laedi catholicam sententiam ac doctrinam de
homine, qui corpore et anima ita absolvatur, ut anima eaque rationalis
sit vera per se atque immediata corporis forma.

Psychologie ein Prinzip angewandt, das uns das menschliche Wesen trotz der Dreitheilung als einheitliches Ganzes
erkennen lässt, es ist das Prinzip des Zweckes, dasselbe Prinzip, nach welchem unser Philosoph so grossartig
den ganzen Kosmos gliedert und nach welchem er die Stufenreihe aller Wesen anordnet. Wenn Aristoteles diese Glie-
derung bis zu einem bestimmten Punkte ausdrücklich (ex-
plicite) fortführt, indem er vom Unorganischen aufsteigend
bis zum Menschen gelangt, und am Menschen dessen Leib
als Zweck der Seele ψυχή hinstellt, so hindert nichts, die
fortgesetzte Anwendung des Zweckprinzips in der aristotelischen Psychologie bis zu ihrem Endpunkte, der thätigen
Vernunft, ja noch hinauf bis zum göttlichen Geiste aus-
zudehnen, weil sie verborgen (implicite) in den aristotelischen
Prinzipien sich findet [1]).

Wir fassen die Sache also auf: Die ψυχή ist Zweck
des Leibes, sie muss da sein, damit der Leib sich entwickeln kann, der Geist resp. die leidende Vernunft ist
Zweck der ψυχή, ihre Vermögen (Phantasie, Erinnerungsvermögen und die Entwicklung derselben finden ihre Vollendung in der leidenden Vernunft, die ihrerseits aus denselben den Inhalt für ihre Abstraction bildet, der Zweck
der leidenden Vernunft ist; die thätige Vernunft, ohne welche
jene nichts denkt, der Zweck endlich der thätigen Vernunft
ist Gott, das Schauen Gottes in den Prinzipien (das θεωρεῖν).
Um den Rapport zwischen Gott und dem Menschen herzustellen, hat Aristoteles etwas Göttliches in den Menschen
hineineinverpflanzt; das unmittelbare Schauen (die Intuition)
der Prinzipien des Erkennens &c. war ihm auf dem Wege

---

[1]) Zeller II. 2. p. 454 bemerkt: „Wie Aristoteles in der Gesammtheit
der lebenden Wesen eine stufenweise Entwicklung zu immer höherem
Leben erkennt, so betrachtet er auch das Seelenleben des Menschen
aus demselben Gesichtspunkte."

des dialektischen, vermittelten Wissens undenkbar. Diese zusammenhängende gegenseitige Zweckbestimmung der Elemente der menschlichen Natur hat natürlich ihre Geltung nur während der zeitlichen Coexistenz dieser Elemente. Ferner finden wir zwischen Leib, Leibseele und leidender Vernunft ein gewisses natürliches Band, zwischen leidender und thätiger Vernunft dagegen findet sich nichts dergleichen, obwohl Aristoteles die wesentliche Einheit beider festhält. Mit der thätigen Vernunft ist eben ein göttliches Element, das seiner Natur nach ausserhalb der natürlichen Stufenreihe von Substanzen liegt, in den Menschen verlegt. Diese thätige Vernunft ist nur durch das Prinzip des Zweckes mit der leidenden und durch diese mit der $\psi v \chi \acute{\eta}$ und dem Leibe im Zusammenhange gedacht. Der wirkliche physische Zusammenhang des thätigen Verstandes mit den niederen Seelenvermögen vermittelst des leidenden ist ein indirecter mittelbarer, kein positiv lebendiger, weil überhaupt die Vernunft der $\psi v \chi \acute{\eta}$ und dem Leibe nur coexistirt. Unsere heutige Auffasung von der Einheit des Menschen, gemäss welcher die Functionen bezüglich des Leibes dem vernünftigen Geiste zugeschrieben werden und das, was bei Aristoteles $\psi v \chi \acute{\eta}$ ist, bloss als eine andere Seite der Seele gedacht wird, war unserem Philosophen fremd, er hatte andere Prinzipien, und hielt an diesen so lange fest, bis er gezwungen war, nach anderen neuen zu greifen. So sehen wir es in seinen Prinzipien der Physik, so in seiner Theorie von Form und Stoff, so in seiner Ansicht von Geist und Materie; man kann ihn deshalb nicht unvernünftig nennen, weil seine Prinzipe zur Lösung mancher Probleme nicht ausreichten, die consequente Durchführung derselben muss bei Aristoteles jedenfalls anerkannt werden. Während z. B. seine Theorie von Geist und von Materie ihm die Ueberweltlichkeit Gottes, sowie die wesentliche Verschiedenheit des Geistes vom Materiellen erkennen und die Klippen des Materialismus und Pantheismus vermeiden liess, führte sie ihn in der Psychologie zur

Trichotomie [1]) und erschwerte ihm die Erklärung von der
Einheit des menschlichen Wesens und von der Persönlichkeit des Geistes.

Wenn wir nun zur Frage über die **persönliche
Einheit** bei Aristoteles übergehen, so ist zuvor zu be-

---

[1]) Bekanntlich schliesst man von der Wirkung auf die Ursache, von
der Erscheinung auf das Wesen, man schliesst von der Beschaffenheit
der Wirkungen auf die Beschaffenheit des Wesens, das sie hervorbringt. Aristoteles that dieses bei der Darstellung der rein sinnlichen
im Gegensatz zu den rein noetischen Thätigkeiten der Seele und fand
sich von seinem Standpunkte aus genöthigt, bei der wesentlichen Verschiedenheit dieser Actionen auf die wesentliche Verschiedenheit der
betreffenden Prinzipe zu schliessen, vielmehr den einmal acceptirten
schroffen Gegensatz von Geist und Materie überall und so auch in der
Psychologie geltend zu machen, er nahm daher eine Leib- und eine
Geistseele an; auch seine Theorie von Form und Stoff zog er herein.
Diese Theorieen fanden in der Scholastik gute Aufnahme in jeder Beziehung, nur in der Psychologie wurden sie als unbrauchbar und unvernünftig befunden, die Trichotomie hat daher (weil sie nicht aus
Aristoteles acceptirt wurde) keine traditionelle Begründung. Die Kirchen-
väter kannten unseren Philosophen wenig und Plato's Trichotomie, im
mythischen Gewande, ermangelte der Reduction auf ein philosophisches
Prinzip. Klee (p. 413) bemerkt über die Trichotomie vom theologischen
Standpunkte aus: „Wie die Trichotomie keine hinreichende biblische
und traditionelle Begründung hat, so auch keine in der Vernunft, denn
abgesehen von ihrer Missbräuchlichkeit und Gefährlichkeit, da bekanntlich der Apollinarismus an sie anknüpfte, lässt die Nothwendigkeit oder
Nützlichkeit einer solchen Unterscheidung sich nicht wohl begreifen, denn
warum sollte das denkende Prinzip im Menschen nicht zugleich auch
das seinen Körper beseelende sein können? (er citirt Thom. s. th. P: I.
qu. 77 art. III. IV). Wenn man die ganz verschiedenartigen Functionen
der Seele gänzlich übergeht, ist es allerdings sehr leicht.

Den jetzigen Standpunkt der Frage über Trichotomie bezeichnet
Lotze (Micr. 136. II): Wir können nicht zurückkehren zu jener unbe-
fangenen Theilung unserer Persönlichkeit, die in Seele und Geist zwei
verschiedene von einander ablösbare Wesen sieht; jene vielleicht ein
sterblicher Hauch mit der räumlichen Gestalt vergänglich, der Geist
allein über die Grenzen des irdischen Lebens hin ausdauernd und höheren
Aufgaben zugewendet.

merken, dass dieser Philosoph nicht jenen Begriff von Person hatte, noch entwickeln konnte, wie ihn die Scholastik und die christliche Philosophie festhält [1]).

Aristoteles hat noch mehrere Lücken in seinem System und noch mehr unentwickelte Begriffe als die von Person und Individuum in seiner Philosophie [2]).

Immerhin bleibt die Einheit des Seelenlebens nach Aristoteles Psychologie schwer begreiflich. Zeller bemerkt: Wie wir bei Plato den Mangel gefunden haben, dass er seine drei Seelentheile nicht zur inneren Einheit zu verbinden weiss, ja dass er diese Aufgabe sich ohne Zweifel noch gar nicht mit wissenschaftlicher Bestimmtheit gestellt hat, so ist das Gleiche bei Aristoteles der Fall. Schon das Verhältniss der empfindenden und ernährenden Seele könnte zu der Frage veranlassen, ob sich diese aus jener entwickle,

---

[1]) S. Thom. Aqu. S. Theol. I. qu. 29. art. 3: Persona significat id, quod est perfectissimum in tota natura scil. subsistens in rationali natura. Nach Suarez disput metaph. 34. qu. 29. art. 3 & qu. 75: Subsistere dicitur aliquid, in quantum est sub esse suo, non quod habeat esse in aliquo sicut in subjecto sed omne per se fit, et quasi in se sustentetur quum nec fit quasi primum subjectum et quasi fundamentum sui esse. S. Thomas bemerkt ferner: Nomen persona ad significandum aliquos dignitatem habentes. Quia magnae dignitatis est in rationali natura subsistere ideo omne individuum rationalis naturae dicitur personae. — Persona est hypostasis proprietate distincta ad dignitatem pertinente.

[2]) Brandis gr. Philos. III. 113 und 120 bemerkt in dieser Beziehung: Obgleich (um Einiges anzuführen) Aristoteles auf das unmittelbare Ergreifen der einfachen Begriffe wiederholt zurückkommt, vermissen wir doch seine eigene ausdrückliche Erklärung über das Bereich des Einfachen, unmittelbar zu Ergreifenden. Wir finden ferner Probleme über das Wesen und Bereich der göttlichen Vorsehung, über das Verhältniss von Freiheit und Nothwendigkeit bei Aristoteles kaum angedeutet. Aristoteles hat nämlich in den nur dem unmittelbaren geistigen Ergreifen zugänglichen einfachen Bestimmtheiten Endpunkte der menschlichen Forschung gesehen, und wohl schwerlich ernstlich beabsichtigt, an ihrer weiteren Entwicklung und Begründung sich zu versuchen.

oder ob beide gleichzeitig entstehen und gesondert neben
einander bestehen, und wo in dem letzteren Falle der Zusammenhang zwischen ihnen, die Einheit des thierischen
Lebens zu suchen sei [1]).

Weit dringender jedoch wird dieses Bedenken hinsichtlich der Vernunft und ihres Verhältnisses zu den niederen
Seelenkräften. Mögen wir nun den Anfang oder den Fortgang oder das Ende dieser Verbindung in's Auge fassen,
überall zeigt sich ein ungelöster Dualismus und nirgends
erhalten wir eine genügende Antwort auf die Frage, wo
denn nun eigentlich der Einheitspunkt des persönlichen Lebens,
die alle Seelentheile zusammenhaltende und beherrschende
Kraft zu suchen sei. Die Entstehung der Seele ist nach
Aristoteles im Allgemeinen an die des Leibes gebunden,
dessen Entelechie sie ist, sie entsteht zugleich mit ihm, sie
geht vom Erzeugenden in den Erzeugten über. Andererseits weiss er aber diese Erklärung auf den vernünftigen
Theil der Seele nicht anzuwenden, da dieser eben etwas
Anderes ist als die Lebenskraft des Leibes; wiewohl daher
auch sein Keim im Samen sich fortpflanzen soll, wird doch
zugleich behauptet, er allein komme von aussen her in den
Menschen und sei in sein körperliches Leben nicht ver-
wickelt, so dass demnach von den späteren Theorieen nicht
nur die traducianische, sondern auch die creatianische sich
in gewissem Sinne auf Aristoteles berufen kann. Aber wie
es möglich ist, dass der νοῦς, welcher mit dem Körper
schlechthin nichts zu thun haben soll und bei welchem sich
doch auch an keine räumliche Einwohnung denken lässt [2]),
mittelst des Samens auf das Erzeugte übergeht, wann und

---

[1]) Aristoteles begnügt sich, bezüglich des Zusammenseins beider zu
sagen: sie seien ineinander — „ἐν ἀλλήλοις“.

[2]) Hierüber gibt es auch andere Meinungen; Zabarella p. 758: Putat
Aristoteles animam habere partes secundum extensionem et in parte corporis partem animae inesse totam vero animam in tota animali.

wie sein Keim mit demselben sich verbindet, wie endlich aus den niederen Seelentheilen und der Vernunft trotz ihres verschiedenen Ursprungs Ein persönliches Wesen werden kann, darüber gibt unser Philosoph nicht den mindesten Aufschluss [1]).

Obgleich es viel leichter ist, Fragen aufzuwerfen, als sie zu beantworten oder doch zu ihrer Lösung etwas beizutragen, und auch leichter, Schwierigkeiten zu entdécken, als sie zu beseitigen, so müssen wir doch der schweren Aufgabe uns unterziehen und die persönliche Einheit des Seelenlebens nach aristotelischer Fassung nachzuweisen suchen mit Berücksichtigung der von Zeller angeführten entgegenstehenden Punkte.

Zweierlei glauben wir behaupten zu dürfen: 1) **dass Aristoteles eine persönliche Einheit in seiner Psychologie und im Allgemeinen gelehrt und erklärt hat; 2) dass der persönliche Einheitspunkt in der thätigen Vernunft zu suchen sei.**

Der Begriff von Persönlichkeit beruht auf dem von Individualität. Diese ist ein Grundcharakter alles Endlichen, indem jedes endliche Wesen bei allem Gemeinsamen mit seiner Gattung wieder ein bestimmtes Einzelnes ist, d. h. durch eigenthümliche Merkmale von jedem anderen seiner Gattung sich unterscheidet (Beck p. 15). Diese klare Begriffsbestimmung bietet uns Aristoteles allerdings nicht. Aber sie liegt seiner Theorie von der Substanz $(o\mathring{v}\sigma\acute{\iota}\alpha)$ [2]) zu Grunde.

---

[1]) Zeller II. 2. p. 456.

[2]) Unter Substanz $(o\mathring{v}\sigma\acute{\iota}\alpha)$ versteht Aristoteles dasjenige, was weder als Wesensbestimmung von einem Andern ausgesagt werden kann, noch als ein Abgeleitetes einem Anderen anhaftet, mit anderen Worten: dasjenige, was nur Subject und nie Prädicat ist: die Substanz ist das Seiende im ursprünglichen Sinn, die Unterlage, von der alles andere Sein getragen wird. Cf. Zeller II. 2. p. 228.

Da nun alle Merkmale der οὐσία oder Substanz auf die thätige Vernunft ihre volle Anwendung haben und die leidende Vernunft ohnediess als Accidenz der thätigen hingestellt ist, so haben wir im νοῦς etwas Individuelles, ein Einzelding. Dieses Individuelle ist aber zugleich ein vernünftiges; nun ist zu untersuchen, ob dasselbe einen Einheitspunkt in sich hat, dessen es sich selbst bewusst ist. Schon in der sinnlichen Sphäre der Wahrnehmung fühlt Aristoteles das Bedürfniss, ein einheitliches Prinzip zu finden; und sieht sich gedrängt, den Gemeinsinn als solches anzunehmen; die Deduction eines Einheitspunktes ist nun in höherem Grade geboten in der sinnlich-geistigen Sphäre der Abstraction; da musste Aristoteles noch mehr einen Einheitspunkt annehmen, auch bei dem begrifflichen Erfassen der Objecte durfte, eben so wenig wie bei der Sinneswahrnehmung, das Subject im Objecte aufgehen, es musste mit vollem Selbstbewusstsein sich von der Begriffswelt unterscheidend ihr gegenüberstehen; jenes Selbstschauen, von welchem Aristoteles redet, und in welchem jene unmittelbare und irrthumslose Erkenntniss der höchsten Prinzipien gegeben ist, die von allem abgeleiteten und vermittelten Wissen als Anfang und Bedingung desselben vorausgesetzt wird, ist nach Aristotels Prinzipien nicht denkbar ohne persönliche Ichheit [1]).

Dass die persönliche Ichheit von Aristoteles (implicite) festgehalten wird, darüber kann man wohl nicht im Zweifel sein, noch weniger zweifelhaft ist der Sitz der Persönlichkeit im Menschen; darüber ist eigentlich keine Frage: denn die Leibseele (die Bewegungs-,

---

[1]) Der bei Aristoteles vorkommende terminus αὐτότης . . . kann wohl nicht mit Ichheit übersetzt werden. Bezüglich der Bedingungen des vermittelten Wissens cf. Brandis Schol. in Metaphys. 8°. p. 64. Anmerkung.

Empfindungs-, Ernährungsprinzip ist) kann eben so wenig
persönlich sein, als die Thierseele, welcher sie von Aristoteles
gleichgestellt wird. Auch in den niederen Seelenvermögen
(Phantasie, Erinnerungsvermögen &c.) werden wir die Persönlichkeit nicht suchen können, denn theils bestreitet unser
Philosoph von ihnen, dass sie sich bewegen, er will als
das eigentliche Subject der Gemüthsbewegungen und selbst
des verständigen Denkens nicht die Seele, theils will er
als dieses Subject den ganzen aus Leib und Seele bestehenden Menschen [1]).

Indem nun Aristoteles den ganzen Menschen als Träger
der Denk- und Willensthätigkeit hinstellt und so eine Hypostase annimmt, liefert er den Beweis von seinem ernstlichen
Streben, in die Dreitheilung des menschlichen Wesens wo
möglich eine Einheit zu bringen, und wenn ihm diess auch
nicht gelingen will, so müssen wir doch offenbar anerkennen,
dass er nach dieser Richtung hin die Frage über die Einheit wissenschaftlich sich gestellt und zu lösen gesucht hat [2]).

Auf Grund einer Hypostase konnte ihm jedoch die
Lösung nicht möglich sein, es fehlt, wie schon bemerkt
wurde, das organische Band zwischen den drei Prinzipien
des Menschen, durch Anwendung des Zweckprinzips wird
eine Einheit erzielt, aber eine bloss theoretische, und so
müssen wir, abgesehen von den genauen Erklärungsgründen
über die Möglichkeit einer solchen Einheit, dennoch den persönlichen Einheitspunkt im Menschen in die thätige Vernunft setzen, da dieselbe nach wiederholter Behauptung des Aristoteles das eigentliche Wesen des Menschen [3]),

---

[1]) Die betreffenden Stellen bei Zeller II. 2. p. 459.

[2]) Zeller II. 2. p. 455 negirt diess.

[3]) Auf die Vernunft führt Aristoteles alle Art der Ueberzeugung,
nicht bloss das Denken zurück. Cf. Zeller II. 2. p. 459.

das Beste im Menschen[1]), das eigentliche Selbst, der Mensch ist[2]).

Es war höchst consequent von Aristoteles, den thätigen Verstand als das Wesen des Menschen zu bezeichnen, da er für ihn Ausgangspunkt und Grundbedingung aller übrigen Kräfte und Thätigkeiten der Seele, wenigstens dem Erkennen nach, ist: die leidende Vernunft denkt nicht ohne die thätige und die Functionen der physischen Vermögen haben keine geistige Vollendung und keinen Zweck ohne die Abstraction der leidenden Vernunft.

Dadurch, dass das höchste Selbstbewusstsein, wie es Aristoteles annimmt[3]), im höchsten Selbsterkennen existirend und demnach in der Vernunft ruhend bezeichnet wird, ist der Persönlichkeitsbegriff noch nicht erschöpft und vollständig gegeben, wir haben damit bloss das Denken, noch nicht das Wollen; gerade nun der andere Factor der Persönlichkeit, das freie Selbstbestimmen uud Selbstwollen ist nach Aristoteles schwer festzustellen, denn er gibt uns keine Prinzipien (wie bezüglich des Denkens im νοῦς), aus deren Consequenzen wir uns etwa seine eigentliche Ansicht klar machen könnten, die Theorie vom Willen und der

---

[1]) Eth. Nic. X. 7: δόξειε δ᾽ ἂν καὶ εἶναι ἕκαστος τοῦτο (sc. νοῦς) εἴπερ τὸ κύριον καὶ ἄμεινον (cf. IX. 4). Des νοῦς als μάλιστα ἄνθρωπος geschah schon Erwähnung.

[2]) Eth. Nic. IX. 8. 56.

[3]) Ar. Eth. Nic. IX. 9 hebt hervor, dass wir uns all᾽ unserer Thätigkeiten und somit auch unseres Seins bewusst seien: ὁ δ᾽ ὁρῶν, ὅτι ὁρᾷ αἰσθάνεται· καὶ ὁ ἀκούων, ὅτι ἀκούει, καὶ ὁ βαδίζων, ὅτι βαδίζει· καὶ ἐπὶ τῶν ἄλλων ὁμοίως ἐστι τι τὸ αἰσθανόμενον, ὅτι ἐνεργοῦμεν· αἰσθανόμεθα δ᾽ ἂν ὅτι αἰσθανόμεθα· καὶ νοοῦμεν, ὅτι νοοῦμεν· τὸ δ᾽ ὅτι αἰσθανόμεθα ἢ νοοῦμεν, ὅτι ἐσμέν. Dieses Bewusstsein denkt er sich aber mit den betreffenden Thätigkeiten gegeben (de somno 2); die Identität des Selbstbewusstseins bei den verschiedenen Thätigkeiten nimmt Aristoteles an, auch im θεωρεῖν des νοῦς ποιητικός muss dasselbe seine Geltung haben.

Willensfreiheit ist bei den alten Philosophen überhaupt und so auch bei Aristoteles [1]) sehr vernachlässigt.

Leider ist die Bemerkung Schelling's über die thätige Vernunft und ihr Wollen nicht richtig, wir können im *νοῦς* nicht das finden, was dieser Philosoph darin sieht, wenn wir auch den Aussprüchen des Aristoteles bezüglich des Wollens Rechnung tragen. Nach Schelling [2]) „ist ursprünglich auch im weitesten Sinne der Geist nicht etwas Theoretisches, worin doch beim *νοῦς* immer zuerst gedacht wird, ursprünglich ist er vielmehr Wollen, und zwar das nur Wollen ist um des Wollens willen, das nicht etwas will, sondern nur sich selbst will. Der Geist ist in der That das Wollen der Seele, die in die Weite und in die Freiheit verlangt [3]).

Aristoteles lässt die Vernunft als die eine Seite des Wollens gelten, es wird ihr die Macht zugeschrieben, die Begierde zu beherrschen, sie wird geradezu als bewegende Kraft und näher als dasjenige bezeichnet, von welchem die Willenentschlüsse ausgehen (das *ἡγεμονικόν*) [4]). Auch als das eigentliche Selbst des Menschen wird die Vernunft hingestellt, insofern sie das Prinzip der Selbstbeherrschung ist. Aristoteles bemerkt in dieser Beziehung: „Die Eigenschaft der Selbstbeherrschung schreiben wir dem zu, in welchem die Vernunft das Herrschende ist, und sprechen wir dem ab, in welchem die Vernunft es nicht ist, indem wir die Vernunft als das eigentliche Selbst im Menschen betrachten" [5]).

---

[1]) Cf. Trendelenburg, histor. Beitr. II. 149 ff.

[2]) 2. Abth. I. p. 461.

[3]) Daher hebr. לֵב cor, aus der Enge.

[4]) Eth. Nic. III. 5: παύεται γὰρ ἕκαστος ζητῶν πῶς πράξει, ὅταν εἰς αὐτὸν ἀναγάγῃ τὴν ἀρχὴν καὶ αὐτοῦ εἰς τὸ ἡγούμενον· τοῦτο γὰρ τὸ προαιρούμενον, Cf. de an. I. 5.

[5]) Eth. Nic. IX. 8. s. oben.

Die ganze Willensthätigkeit jedoch kann man unmöglich in die Vernunft versetzen, denn diese, bemerkt Zeller[1]), für sich genommen verhält sich nur theoretisch[2]), nicht praktisch, selbst das praktische Denken wird von Aristoteles einem anderen Seelentheile zugewiesen als das theoretische, die Bewegung und Handlung vollends kommt nur durch das Begehren zu Stande, welches seinerseits von der Einbildungskraft angeregt wird.

Auch die Gefühle der Liebe und des Hasses, die Erinnerung müssten der Vernunft als Centralpunkt der Erkenntniss- und Willensthätigkeit zukommen; Aristoteles aber negirt diess ausdrücklich, nach ihm ist auch der Wille nicht reine Vernunft, sondern vernünftiges Begehren (ὄρεξις διανοητική)[3]); als reine Vernunft wäre der Wille weder einer Entwicklung noch eines Irrthums fähig. Unser Philosoph versetzt den Prozess der Entwicklung des Willens in die Sphäre der niederen Seelenkräfte.

Wir sehen, wie Aristoteles die Theorie vom vollendeten νοῦς, der hier zugleich als höchstes Selbst, als eigentliches Ich erscheint, aufrecht erhält, ohne die Thatsache der Entwicklung des Wollens und Erkennens zu übersehen, beides ganz zu vereinigen gelingt ihm nicht. Als leidende Vernunft ist der Geist allerdings einer Entwicklung fähig,

---

[1]) II. 2. p. 459.

[2]) De an. III. 9: ἀλλὰ μὴν οὐδὲ τὸ λογιστικὸν καὶ ὁ καλούμενος νοῦς (νοητικός) ἐστιν ὁ κινῶν· ὁ μὲν γὰρ θεωρητικὸς οὐδὲν νοεῖ πρακτὸν οὐδὲ λέγει περὶ φευκτοῦ καὶ διωκτοῦ οὐδέν ... ἔτι καὶ ἐπιτάττοντος τοῦ νοῦ καὶ λεγούσης τῆς διανοίας φεύγειν τι ἢ διώκειν οὐ κινεῖται ἀλλὰ κατὰ τὴν ἐπιθυμίαν πράττει, οἷον ὁ ἀκρατής. Doch darf die praktische Vernunft nicht mit dem Willen verwechselt werden, denn dieser ist wesentlich ein Begehren; sie ist dasjenige Vermögen der Vernunft, kraft dessen sie die Zwecke bestimmt, die Mittel zu ihrer Verwirklichung aufsucht und die Grundsätze für's Handeln feststellt, das auf's Handeln bezügliche Denken.

[3]) Eth. Nic. VI. 2.

kann verdorben werden, weil dem Irrthum zugänglich, und
soweit die leidende Vernunft eine Seite des Willens ausmacht [1]), entwickelt sich auch dieser; als thätige Vernunft
dagegen ist sie vollendet, einer Entwicklung nicht fähig.
Das eigentliche Ich, welches im höchsten Selbsterkennen
seinen End- und Ruhepunkt hat, kann sich auch nicht
ändern, muss immer dasselbe bleiben. Es wäre nun kein
so grosser Widerspruch in Aristoteles, wenn er die Vernunft
als fehlerlos hinstellt und dann die Irrthumsfähigkeit und
Verderblichkeit derselben behauptet; letzeres gilt nur bei
der leidenden Vernunft bezüglich des vermittelten Wissens,
abgesehen vom Wollen, diess ist von Aristoteles weniger
berücksichtigt; überhaupt ist das Erkennen der Endzweck
alles Seins und dieses Prinzip bietet den Standpunkt, von
dem aus alle schwierigen Fragen der aristotelischen Philosophie zu behandeln sind.

Nehmen wir auf das freie, selbstbestimmende Wollen
auch Rücksicht, um die persönliche Zurechnung und Verantwortlichkeit zu begreifen, so bleibt uns, weil der eigentliche Sitz der Persönlichkeit, die thätige Vernunft, fehlerlos ist, eine solche Verantwortlichkeit der Person, ein ethi-
sches Vergehen &c. räthselhaft; allein, wie bemerkt, Aristoteles vernachlässigt die Theorie des Willens, auch ihm,
einem mittelbaren Schüler des Sokrates, ist das Erkennen,
die Idee das höchste Vehikel des ethischen Handelns; finden
wir ja in seiner Lehre vom göttlichen Geiste eben so wenig
wie in der vom menschlichen die Prinzipien der Liebe und
des höheren Willensvermögens.

---

[1]) Insofern sie bloss ein accidentelles Vermögen (Vermögen nicht
im Sinne der Scholastik) ist, ein Accidenz werden ihr hier wieder zuviel
mit ihrer Natur nicht leicht vereinbare Zustände beigelegt; die Beschaffenheit des νοῦς παθητικός ist eben bei Aristoteles nur bis zu einem gewissen
Punkte klar.

Indem Aristoteles der Idee vollziehende Kraft vindicirt, theilt er die Ansicht seiner Vorgänger überhaupt, welche, wie Themistius [1]) bezeugt, den göttlichen Geist zumeist nur als erkennendes Wesen ansahen und ethisch als die lebendige Idee des Rechthandelns, diess ward dann auch auf den menschlichen Geist übertragen.

Wie sehr diess den neueren Anschauungen widerspricht, entnehmen wir dem Urtheile des gelehrten Lotze [2]), welcher sich durchaus dagegen erklärt, „dass man der Idee, welche immer nur legislative Macht habe, fälschlich eine executive Gewalt beilege". In seinem Mikrokosmus [3]) gibt er die näheren Gründe an für seine Behauptung: „Eine Idee erscheint zuerst nicht Körper genug zu haben, um ein festes, standhaftes Etwas zu bilden, von dem Wirkungen ausgehen könnten, aber sie scheint auch nicht jenen Charakter der Einheit zu besitzen, der dem Wesen jedes wahrhaft Seienden so unerlässlich ist."

Aristoteles geht sehr weit in der Confundirung der theoretisch-thätigen Vernunft mit dem praktisch-thätigen (also ethischen) Willen, er bezeichnet die Vernunft als Tugend [4]).

---

[1]) Fol. 16: Nam deus est lex et ratio causaque rectitudinis entium atque eorumdem ordo; nec est lex ut haec, quae in libris ponitur sed lex viva, perinde ac si cogitatione depingere posset legem animatum esse seque intelligere posse &c.

[2]) Allgemeine Pathologie S. 20; cf. Medic. Psychologie S. 74.

[3]) II. p. 151.

[4]) Weil jede Tugend einen habitus hat, hat ihn auch der νοῦς als διάνοια (an. post. II), aber der νοῦς ist kein reiner habitus, wie die τέχνη, σοφία, sondern eine Fähigkeit, welche einen habitus unmerklich annimmt (Kuehne p. 18 ff.); Prantl p. 13 bemerkt hiezu: Wie soll nur Jenes, was das tiefste und innerste Prinzip und die oberste Bedingung alles Erkennens und Handelns ist, selbst eine Tugend sein?

Uebrigens sehen wir auch hierin wieder das Streben unseres Philosophen, dem Bedürfniss nach persönlicher Einheit im menschlichen Wesen möglichst in seiner Psychologie Rechnung zu tragen. Ehe wir die Untersuchung über die persönliche Einheit abschliessen, müssen wir noch die von Zeller hervorgehobenen zum Theil schon angeführten Schwierigkeiten iu dieser Frage näher in's Auge fassen; die oben erwähnten Gründe gegen die persönliche Einheit des menschlichen Wesens bei Aristoteles reduciren sich hauptsächlich a) auf den verschiedenen Ursprung der Vernunft und der ψυχή; b) auf die gegensätzliche Seinsweise derselben im Leibe.

Was Ersteres betrifft, so wird von Aristoteles die Vernunft oder der eigentliche Geist als von aussen her kommend aber mit dem Samen verbunden[1]), ja (wie Heller will) in demselben enthalten hingestellt. Ueber das „von aussen" haben wir im Anfang unserer Untersuchung über die Vernunft das Treffende bemerkt; es handelt sich nur noch um die Erklärung über das Enthaltensein der Vernunft im Samen; auch von der Leiseele wird diess bekanntlich behauptet. Hiebei ist nun schon hier im Anfang des Zusammenseins von Geist und Materie, Geistigem und Materiellem im Menschen dasselbe Verhältniss zu denken, wie es später nach dem Hervortreten des Menschen (durch die Geburt) in's wirkliche Leben von Aristoteles angegeben wird; es ist nur das mechanische Verhältniss der Coexistenz, welches besteht. Die thätige Vernunft, um ferner zu unterscheiden, hängt nur mittelbar mit dem Leibe zusammen durch die leidende Vernunft, welche mit der Leibseele im Rapport steht, und erscheint als pure Thätigkeit als entwickelt und vollendet; von einem keimartigen, also entwickelbaren Dasein derselben, wie es etwa bei der Leibseele zulässig ist, im

---

[1]) Gen. animal. II. 3. an. I.

Samen ist keine Rede. Der pure Geist ist seiner Natur und deren wesentlicher Beschaffenheit nach unabhängig, keines Entwicklungsprozesses zu seiner vollendeten Seinsweise bedürftig; es liegt diess ausserhalb seiner Bestimmung; nur nebenbei, accidentell, als leidende, die Aussenwelt begrifflich auffassende Vernunft ist der Geist in die wandelnde Strömung der Entwicklung hineingezogen. Hier gilt, was Brandis sagt: Der Geist kann nur mittelbar, vermittelst der Vernünftigkeit ($\varphi\varrho\acute{o}\nu\eta\sigma\iota\varsigma$) und Weisheit, mithin auch der Kunst und Wissenschaft, entwickelt werden und damit zu tugendhafter Ausbildung gelangen. Die Entwicklungsfähigkeit dem Geiste und der Vernünftigkeit absprechen, d. h. zu leugnen, dass beide, in denen die beiden Richtungen des Vernunftwesens ihre Vollendung erreichen sollen, zur schönsten Fertigkeit ($\beta\varepsilon\lambda\tau\acute{\iota}\sigma\tau\eta$ $\H{\varepsilon}\xi\iota\varsigma$) gelangen sollten, könnte dem Urheber der Lehre von Kraftthätigkeit nicht einfallen, nur vergleichsweise bezeichnet er sie als Naturgaben [1]).

Dass die thätige Vernunft der durch die leidende vollzogenen Entwickelung bewusst wird, dass dies vermittelte Wissen auch theilweise ihren Inhalt bildet während des zeitlichen Seins im Leibe, wurde schon bemerkt, aber es ist nicht zu übersehen, dass dieses durch Abstraction gewonnene Wissen ein accidentelles, für ihr Wesen, das im Schauen der Principien beruht, eigentlich Bedeutungsloses ist. Sollte man auch annehmen, der Satz „die Welt ist um des Menschen willen da" indicire die Bestimmung des menschlichen Geistes; diese Welt zu erkennen, so ist doch die eigentliche Aufgabe des Geistes, mit deren Vollziehung sein Zweck erreicht ist, das erwähnte Schauen seiner selbst und der ihm innewohnenden Erkenntnissprincipien, das $\vartheta\varepsilon\omega\varrho\varepsilon\tilde{\iota}\nu$.

---

[1]) Handb. d. griech. Philos. II. 2. 2. p. 1542.

Mit dieser Erläuterung des ersten Punktes vom verschiedenen Ursprung des Geistes und der ψυχή ist zugleich der zweite von der gegensätzlichen Seinsweise beider im Leibe theilweise erklärt, es bedarf nur noch, hinzuweisen, wie bei Aristoteles die schroffe Sonderung des Göttlichen vom Menschlichen, des Materiellen und Geistigen prinzipiell feststeht und hartnäckig festzuhalten ist; dadurch ist allerdings das Verhältniss zwischen Geist und Leibseele unausgeglichen, allein es ist damit zugleich, und das ist von grösster Tragweite, die Gefahr des Pantheismus gänzlich beseitigt und zugleich der theistische Standpunkt gewonnen.

Wir sind daher weit entfernt, mit Zeller[1]) im νοῦς etwas Allgemeines zu sehen; als solches kann er den Charakter eines persönlichen Wesens nicht haben und alles bisher Angeführte (vom Selbstbewusstsein und der Selbstbeherrschung) hätte keine Geltung. Allgemein ist, wie Aristoteles selbst bemerkt, die Seele ihrem Begriffe nach, es gibt nur Eine Form und Einen Begriff derselben, sei es die Leibseele oder der Geist, aber ihrem Ursprung und Sein nach ist jeder Geist individuell und persönlich, eine Ichheit, die als solche fortexistirt nach dem Tode. Diess ist als richtig festzuhalten, mögen sonst auch die Ansichten über das fragliche Allgemeine noch so sehr auseinandergehen. Glaser, der mit grosser Klarheit die aristotelische Metaphysik erfasste und darstellte, sagt (p. 122): „Die Gattung ist die Substanz von unendlich Vielem, denn Substanz ist das Lebendige im Einzelnen.“ Schärfer fasst Kym (p. 42) die Sache: Der νοῦς ποιητικός, das rein theoretische Vermögen, welches im Ergreifen der letzten und allgemeinsten Prinzipien sich bethätigt, ist das eigentliche Ich und wahre Selbst des Menschen, in ihm pulsirt die geistige Individuali-

----

[1]) II. 2. p. 460.

tät des Einzelnen und keineswegs ist darunter etwa der blosse allgemeine Weltgeist zu verstehen (cf. de an. III. 5).

Auch Brandis [1]) sieht sich zu der Aeusserung veranlasst: Die Hervorhebung seiner ursprünglichen Naturbestimmtheit und dass ihm dennoch, dem menschlichen Geiste, Stofflosigkeit und Untheilbarkeit zugetheilt wird, zeugt dafür, dass der im Menschen wirkende Geist nicht als allgemeiner Weltgeist gefasst werden dürfe. Eine andere entgegengesetzte Auffassung erfährt der aristotelische νοῦς von der cartesischen Schule. Diese, alle Thätigkeit, die im Erkennen ist, Gott zuschreibend, dem Menschen die eigene Thätigkeit und somit das selbstständige Sein und Leben absprechend, kommt folgerichtig zu der Behauptung, dass es ausser Gott kein selbstständiges und also auch kein von Gott wesentlich verschiedenes Sein und Leben gibt, sondern alle endlichen Wesen, wie das auseinander gegangene Wesen Gottes und ihre Thätigkeit, wie die ebenso in's Unendliche gebrochene Erscheinung des einen göttlichen Wesens zu betrachten sind [2]).

Es erübrigt noch, die Ansichten älterer Erklärer des Aristoteles anzuführen. Bei Francisus Toletanus (p. 184 col. 2) finden wir, dass Philoponus und Amonius ebenso wie Avicenna, Albertus und Thomas von Aquin eine Vielheit der leidenden Vernunft (intellectus possibilis) annehmen, während Themist. und Theophrast (die Averroës citirt) Einen νοῦς für alle Menschen setzen und behaupten, diese Eine vernünftige Seele (anima rationalis et intellectiva) sei in allen Menschen unsterblich und ewig; sie besteht aber wesentlich aus der thätigen und leidenden Vernunft (intel-

---

[1]) Arist. Lehrgeb. p. 105; cf. Schelling (ält. Ausg.) p. 455. 460 u. 478.

[2]) Kleutgen I. p. 81; Aristoteles sieht den νοῦς ποιητικός auch als etwas Göttliches an, gibt der Vernunft aber im νοῦς παθητικός eine selbstständige Attractionskraft, die nur in ihrem Sinn vom νοῦς ποιητικός abhängig ist.

lectus possibilis und intellectus agens) [1]). Nach solcher Auffassung könnte Averroës den Aristoteles mit Recht des
Pantheismus beschuldigen [2]).

Der letzte schwierige Punkt endlich, der uns bezüglich
der persönlichen Einheit der Seele bei Aristoteles begegnet,
ist die Vermittelung des Widerspruches, den unser Philo-

---

[1]) Beide zusammen werden intellectus speculativus genannt. Themistius
q. 32 begründet seine Ansicht von dem Einen νοῦς eigenthümlich: Principia cognitionis per se nota eadem sunt pro omnibus similiter, idem ab
omnibus cognoscitur, ergo intellectus omnium unus et idem est, ergo
non est in materia, aliter enim multiplicaretur pro individuorum multi-
plicitate. Wenn, wie Themistius annimmt, alle Menschen nur Einen
νοῦς haben und eine Individuation durch Eintritt oder Innewohnen des
νοῦς in der Materie eintritt, so ist das aristotelische Getrenntsein des
νοῦς von ψυχή und σῶμα ganz gerechtfertigt, aber ebenso die Anklage
gegen ihn wegen Pantheismus berechtigt. Aristoteles hat jedoch diese
Klippe vermieden, indem er den νοῦς als etwas Individuelles, Persön-
sönliches bezeichnete und dabei die Trennung der drei Bestandtheile
des menschlichen Wesens entschieden festgehalten hat.

[2]) Kuehn de Aristotelis virtutibus intellectualibus (diss. inaug.)
p. 18: citirt Eth. Eudem. VII. 1428ᵃ 24: τὸ δὲ ζητούμενον τοῦτ' ἐστι, τίς ἡ
τῆς κινήσεως ἀρχὴ ἐν τῇ ψυχῇ· δῆλον δὲ, ὥσπερ ἐν τῷ ὅλῳ θεὸς καὶ πᾶν
ἐκείνῳ· κινεῖ γάρ πως πάντα τὸ ἐν ἡμῖν θεῖον. λόγου δ' ἀρχὴ οὐ λόγος, ἀλλά
τι κρεῖττον. τί οὖν ἂν κρεῖττον καὶ ἐπιστήμης εἴποι (oder εἴη που) πλὴν θεός
und bemerkt: hoc placitum de intellectu agente ad pantheismum proxime
accedit et ab Averroë disserte in hunc sensum explicatum est. Cum
Averroës explicatione autem Spinozae doctrina de substantia cogitanté
mirifice congruit.

Nach Schelling (2. Abth. I. p. 459) haben die Araber überhaupt
angenommen, dass der aristotelische νοῦς nicht der Geist des einzelnen
Menschen, sondern der Geist Aller zusammen sei; von Alexander Aphr.
wissen wir, dass er dem Menschen bloss den νοῦς παθητικός liess, den
νοῦς ποιητικός findet er nur in Gott; diess läuft auch auf den Pantheismus hinaus.

Der deutsche Philosoph würdigt die Frage, indem er sagt: Gerade
das Gegentheil des Allgemeinen, und das Individuellste ist durch jene
Prädicate angezeigt, welche Aristoteles dem νοῦς beilegt.

soph offenbar producirt, wenn er einerseits die Vernunft
als bewegende Kraft, welcher die Willensentschlüsse ent-
springen, welche die Begierde beherrscht, hinstellt, andererseits diese Selbstbewegung der Vernunft leugnet [1]).

Die Seele ist unstreitig nach Aristoteles das Bewegungsprinzip des leiblichen Organismus, dass sie als solches Selbstbewegung hat, fordert der Begriff der Leibseele. Selbstbewegung im Sinne von Selbstbeherrschung kommt, wie wir
gesehen, der leidenden Vernunft zu, sie ist es, welche den
Rapport zwischen der thätigen Vernunft und den niederen
Seelenkräften, sowie der Aussenwelt vermittelt, sie tritt
mit der Begierde (ὄρεξις) in Verbindung, bietet derselben
Objecte des Begehrens [2]), die thätige Vernunft, deren Thätig-

---

[1]) Zeller II. 2. p. 460.

[2]) Wenn Schrader (Arist. de volunt. doctr. 12) die ὄρεξις als Basis
des Wollens und den Willen zu ihr gehörig bezeichnet, ja dieselbe nach
Aristoteles als einen eigenen Theil der Seele hinstellen will, so können
wir diess nur zugeben, insofern der ὄρεξις im νοῦς παθητικός Objecte
geboten werden, welche der Thierseele, die auch ὄρεξις hat, nicht gegeben sind; die ὄρεξις tritt hiedurch allerdings als Wille auf, d. h. als
Streben nach rein Geistigem, als Streben, das sich nicht von sinnlichen
Vorstellungen, oder um noch weiter zurückzugehen, von leiblichen Zu-
ständen und Gefühlen bestimmen lässt; ferner steht fest, dass die ὄρεξις
eine Bewegung hervorbringen kann auf Grund der φαντασία, warum sollte
sie es nicht auf Grund der Begriffe, deren Sitz der νοῦς παθητικός? Indirecte
Verbindung des νοῦς ποιητικός mit der ψυχή und dem Leibe haben wir nach
aristotelischen Prinzipien angenommen; eine directe hat weder Aristoteles zugelassen, noch kann sie von uns angenommen werden; übrigens
kommt der νοῦς ποιητικός hier nicht in Betracht, sondern der νοῦς παθητικός, welcher ein Theil des Willens ist, und allerdings, wie Zeller
(II. 2. p. 460 Anmerk.) hervorheben zu müssen glaubt, von der Leibseele verschieden ist und desshalb nie zu den niederen Seelenkräften
gerechnet werden darf. Wenn Schrader die ὄρεξις als einen besonderen Theil der Seele ansieht, so dürfen wir auf Grund des Angeführten eine Theilung derselben (eine höhere und eine niedere ὄρεξις) annehmen; insofern sich nämlich die ὄρεξις auf die niederen Seelenkräfte

keit das reine Denken, bedarf keiner Selbstbestimmung [1]);
die reine Vernunft (die göttliche wie menschliche) ruht im
Schauen. Eine Bewegung kann zwar von der Begierde her-
vorgerufen werden, aber keine vernünftige, keine mit Selbstbeherrschung vor sich gehende Bewegung [2]). Diese Sätze
bieten etwa die Richtschnur zur Beurtheilung der angegebenen Schwierigkeit.

Nachdem wir die Schwierigkeiten, die sich der Lösung
der Frage von der persönlichen Einheit entgegenstellen,
möglichst beseitigt und paralysirt haben, erklären wir aus-

stützt, gehört sie zur Leibseele, ist selbst eine dieser niederen Kräfte,
bestimmt sie sich aber durch Ideen des νοῦς παθητικός, so gehört sie zur
Vernunft.

Würde man freilich, wie Zeller (II. 2. p. 460 Anmerk.) Schrader's
Erklärung auffasst, den Willen als die von der praktischen Vernunft
beherrschte Begierde — und der Leibseele zugehörig —, annehmen, so
wäre zwar nicht der grosse Gegensatz zwischen νοῦς einerseits und ψυχή
und σῶμα andererseits, den Aristoteles so sehr aufrecht erhält, dass er
dabei die Erklärung der seelischen Einheit unterlässt, hier nicht bei Seite
gesetzt, aber die (oben) begründete Einheit von νοῦς ποιητικός und παθητικός wäre aufgegeben.

Auch in der Bezeichnung ὄρεξις διανοητική (strenge genommen) dürfte
man einen Anhaltspunkt für die Richtigkeit unserer Erklärung finden:
ὄρεξις κατὰ τὸ διανοεῖσθαι, welches ja dem νοῦς παθητικός zukommt.

Aristoteles hat hier wieder unbewusst (nicht wissenschaftlich) die
schroffe Sonderung von νοῦς und ψυχή theilweise beseitigt. Wie der
νοῦς sich nicht zur ὕλη hinabsinkt, indem er mit ihr in directen Rapport
tritt, so kann diese eben so wenig heraufreichen, indem sie etwa auf
ihn einen Einfluss ausübt, ihn in Bewegung setzt, ihm als bewegendes
Prinzip (was undenkbar) innewohnt; soll nun die ὄρεξις zur Leibseele
gehörig betrachtet werden, und der Ausdruck ὄρεξις διανοητική doch einen
Sinn haben, so möchte unsere Erklärung befriedigend sein.

[1]) Ob der νοῦς ποιητικός in seinem θεωρεῖν das Gedachte auch wolle,
sich selbst liebe, ist von Aristototeles nicht ausgesprochen.

[2]) De an. III. 9: ἀλλὰ μὴν οὐδ' ἡ ὄρεξις ταύτης κυρία τῆς κινήσεως· οἱ
γὰρ ἐγκρατεῖς ὀρεγόμενοι καὶ ἐπιθυμοῦντες οὐ πράττουσιν ὧν ἔχουσι τὴν ὄρεξιν,
ἀλλ' ἀκολουθοῦσι τῷ νῷ.

7 *

schliesslich mit der Folgerung Brandis' einverstanden, welcher sagt: „Wenn die Selbstbestimmung in dem Herrschenden in uns', mithin zuletzt im Geiste wurzelt, und wenn der Geist die eigentliche Wesenheit des Menschen ist, so darf man wohl folgern, dass er bestimmt sein musste, durch freie Selbstbestimmung nach dem Masse seiner ursprünglichen Bestimmtheit als individuelle Wesenheit sich zu entwickeln [1]).

Gotteslehre und Psychologie sind nun, soweit es zur Lösung unserer Frage von der Unsterblichkeit der Seele bei Aristoteles nothwendig ist, zur Darstellung gekommen; wir gehen zur Unsterblichkeitslehre des Phisosophen selbst über.

Die Unsterblichkeitslehre des Aristoteles,
resp. die Beweisstellen.

Wie schon oben bemerkt, ist eine der bisher ungelösten Fragen in der aristotelischen Philosophie die, ob Aristoteles an die persönliche Fortdauer der Seele geglaubt, vielmehr ob er sie bewiesen habe, wenn wir es ganz genau fassen, ob diese Fortdauer aus den wissenschaftlichen Prinzipien des Stagiriten beweisbar sind.

Diese Frage wurde von den Bearbeitern des Aristoteles oft übergangen, oft nur nebenbei berührt, es hat sich sogar ein gewisses traditionelles Nachsprechen früher geltend gemachter Ansichten in diesem Punkte bequem eingebürgert,

---

[1]) Bei Zeller (II. 2. p. 461 Anmerk.), der diess von seinem Standpunkte aus bestreitet.

eine ernste, vollständige Lösung wurde bis in die neuere
Zeit nicht versucht; und doch darf, wie Schrader [1]), der
die Sache einmal ernstlich in die Hand genommen hat, bemerkt, weil die Psychologie des Aristoteles einen so erheb-
lichen Fortschritt der Wissenschaft bezeichnet, weil seine
Untersuchungen über das Wesen der Seele so eindringend
sind, und mit den höchsten Aufgaben der Speculation so
enge verbunden, die Hoffnung eines sicheren, wenn auch
beschränkten Ergebnisses nicht aufgegeben werden.

Während man einestheils in der Entwicklung der Natur-
wissenschaften die Basis zur evidenten Lösung unserer Frage
noch zu finden hofft, wie Kym [2]), so könnte man theoretisch
durch die Application der Monadenlehre auf die aristotelische
Psychologie eine Lösung möglich denken, wenn nicht die
Monadologie neueren Ursprungs wäre, wenn sich in Aristoteles wirkliche, nicht bloss scheinbare Anhaltspunkte hiezu
böten, und wenn nicht die Lehre von der Seele als Entelechie
zu heterogen zur Monadologie sich verhielte [3]).

Schelling. (2. Abth. L p. 454) bemerkt: Selbst der
Sprachweise des Aristoteles wäre es entgegen, wollte man
unter erster „Entelechie“ ($\pi\varrho\acute{\omega}\tau\eta$ $\mathring{\varepsilon}\nu\tau\varepsilon\lambda\varepsilon\chi\varepsilon\acute{\iota}\alpha$) etwas der
„dominirenden“ Monade Leibnitzens Aehnliches verstehen ...
Als erste Entelechie ist die Seele Act, aber nicht als Act;
intelligent, aber der Sache nach; materiell, ohne sich als
intelligent zu wissen [4]).

---

[1]) In Jahn's Jahrb. f. Phil. Bd. 81 p. 89.

[2]) Der aber keine näheren Winke gibt.

[3]) Trendelenburg comm. p. 273 sagt: Monas per se spatio caret,
ut motum excludat; adeo simplex est, ut discrimen non admittat. Monas
autem, si vel movet vel movetur, differre debet, differt enim vel vi vel
spatio (in Ar. de an. I. 4 § 17; von der sich selbst bewegenden Zahl).

[4]) Ist auch die Verbindung von νοῦς und ψυχή mechanisch gedacht,
so konnte sich Aristoteles, der Urheber der Kraftthätigkeit, beim νοῦς
nicht bis zum Mechanismus der Monadologie gedrängt sehen.

Ehe wir nun selbst die Beweisstellen aus Aristoteles
für die Unsterblichkeit der Seele einer Prüfung unterziehen,
wollen wir erst anführen, was die Commentatoren; Scho-
liasten und Bearbeiter des Aristoteles, im Allgemeinen aus
diesen Beweisstellen herausgefunden haben [1]). Die Einen
finden in denselben die persönliche Unsterblichkeit ausgesprochen, die Anderen nicht, meistentheils bestimmt sich
das Urtheil durch die jeweile Auffassung der Gotteslehre
(des göttlichen νοῦς) und der Psychologie der Aristoteles.

In dem ältesten Commentator des Aristoteles, in
Alexander Aphrodisias, findet sich wenig über diese
Frage [2]), wir wissen aber, dass er, wie auch Andere nach
ihm [3]), die leidende Vernunft bloss den Menschen, die thätige nur Gott zutheilte, woraus sich ergibt, dass die menschliche Vernunft sterblich ist.

Averroës, der in der thätigen Vernunft die allgemeine menschliche Vernunft, den allgemeinen göttlichen νοῦς
sah, fand in Aristoteles die persönliche Unsterblichkeit nicht [4]).

Nach Renan theilten alle Araber diese An-
sicht [5]). Renan selbst findet in der leidenden Vernunft die

---

[1]) Wir halten uns an die Vorzüglichsten, und führen Einige erst
bei betreffenden Stellen an.

[2]) Wir lasen die ζητήματα ed. Petr. Victorinus 1536, und fanden
nur Indirectes, was wir im Laufe der Untersuchung anführen.

[3]) Viele Scholastiker.

[4]) Renan Averroës &c. p. 120: Ibn-Rosehd semble admettre l'immortalité — i. e. in diesem pantheistischen Sinne — diess ist aber keine
individuelle Unsterblichkeit; Averroës sagt ja, que l'âme ne se divise
pas selon le nombre des individus, quelle est une dans Socrate et dans
Platon, que l'intellect n'a aucune individualité et que l'individuation ne
vient que de la sensibilité.

[5]) P. 119: Tous les Arabes ont compris dans ce sens la pensée
d'Aristote. L'intellect actif est seul immortel; or l'intellect actif n'est

allgemeine thätige Vernunft der Menschen individualisirt
und deshalb vergänglich [1]).

S. Thomas von Aquin und die Scholastik, so-
fern sie es nicht mit Averroës hält [2]), findet die Unsterblichkeit bei Aristoteles. Ersterer citirt in seiner Summa [3])
zwar unseren Philosophen nicht, aber in seinem Commentar
spricht er sich darüber aus, wie wir bei der Stelle de an.
III. 5. § 4 anführen werden; ebenso Zabarella [4]).

---

autre chose, que la raison commune de l'humanité; l'humanité seul est
donc éternelle. La providence divine, dit le commentateur, a accordé
à l'être périssable la force de se reproduire, pour le consoler et lui don-
ner à défaut d'autre cette espèce d'immortalité.

, In der latein. Uebersetzung steht: Sollicitudo divina, quum non
potuerit facere ipsum permanere secundum individuum miserta est ejus
dando ei virtutem, qua potest permanere in specie (de an f. 133. V° bei
Renan 119 Anmerk.).

[1]) Ibid.: L'extrême prévision avec laquelle le péripatétisme avait
séparé les deux éléments de l'entendement, l'élément relatif et l'élément
absolu devait l'amener à scinder la personalité humaine dans la question
de l'immortalité. Malgré les efforts de l'aristotelisme orthodoxe, l'opinion
du philosophe à cet égard ne saurait être douteuse. L'intellect universel
est incorruptible et séparable du corps; l'intellect individuel est périssable et finit avec le corps (de an. III. 5; Met. λ, 8; Nic. Eth. I. 11;
X. 7).

[2]) Der berühmte Pomponatius (p. 20) äussert sich: Ne fallor, commentator D. Thomas et quicunque sentit, Aristotelem censere humanum
intellectum vere esse immortalem longe a vero distat.

[3]) Migne 1859 col. 1059 art. IV, wo die Frage speciell behandelt
wird: utrum anima humana sit incorruptibilis; cf. tract. D. Thom. adv.
Gentiles.

[4]) Den Tractat des hl. Thomas de unitate intellectus adversus Avi-
cennam, sowie den des Suarez S. J. über die Physik des Aristoteles
konnten wir nicht mehr berücksichtigen. (Zab. s. unt. zu de an. III. 5.
§ 4.) Uebrigens haben die Scholastiker mit ihrer Theorie vom lumen
des intellectus agens die pantheistische Seite des aristotelischen νοῦς
zu sehr hervorgehoben und dadurch den Beweis für die persönliche
Unsterblichkeit, wie wir es ansehen, erschwert.

Die neueren Gelehrten und vorzüglichsten Kenner des
Aristoteles sind über unsere Frage in ihren Ansichten sehr
getheilt. Der Philosoph Schelling (2. Abth. I. 460) lässt
sich also vernehmen: Der Geist ist der Natur nach ewig,
wie der *νοῦς*. Denn wenn von diesem Aristoteles sagt, dass
er nicht jetzt wirke und jetzt nicht wirke (*οὐχ ὅτε μὲν νοεῖ,
ὅτε οὐ νοεῖ*, de an. III. 4), so will er nicht sagen, dass er
der immerwährend, in aller Zeit (*τὸν ἅπαντα αἰῶνα*) wirkende d. h. der göttliche sei; der Sinn ist, sein Wirken sei
ein der Natur nach zeitloses, also immer ewiges, und weil
von keinem Vorher abhängig, immer absolut anfangendes[1]).

Ritter (III. p. 298) ist kurz angebunden, er glaubt
geradezu, „dass Aristoteles, wie aus den einzelnen Stellen
und dem ganzen Lehrgebäude hervorgehe, die Unsterblichkeit nicht gelehrt habe"; er bemerkt auch, „aus den Stellen
im Dialog Eudemus, Cicero de divin. &c. könne nicht bewiesen werden, da wir nicht wissen, ob Aristoteles darin
seine wissenschaftliche Lehre vortragen wollte"[2]).

Zeller „gibt es auf (wie er in der früheren Ausgabe
seiner Philosophie der Griechen gethan), die Unsterblichkeitslehre bei Aristoteles zu vertheidigen", weil er die Einheit des menschlichen Wesens nicht findet und den *νοῦς*
für etwas Allgemeines ansieht (II. 2. p. 460).

Der grosse Kenner des Aristoteles, Brandis, aber
verbreitet sich über die Frage folgendermassen:

---

[1]) Diess ist aber unbegreiflich, wenn wir uns erinnern, dass Aristoteles die Präexistenz nicht annimmt, Aristoteles scheint mit dem platonischen Satz: „was ist, ist immer gewesen" bezüglich des *νοῦς* nicht
einverstanden zu sein.

[2]) „Aristoteles dachte nicht an eine Unsterblichkeit des einzelnen
vernünftigen Wesens, aber der allgemeinen Vernunft legte er ein ewiges
Sein und unsterbliches Wesen in Gott bei."

Es ist schwierig, zu bestimmen, wie Aristoteles die
Ewigkeit des Geistes sich gedacht habe. Die Ewigkeit des
allgemeinen oder göttlichen Geistes können wir darunter
nicht verstehen, auch wird in den betreffenden Haupt-
stellen (Met. III. 5; XII. 3; Polit. I. 5), der Geist, von
dessen Ewigkeit und Unsterblichkeit sich's handelt, auf das
Individuum bezogen, sofern er von seiner Präexistenz keine
Erinnerung haben soll, weil Erinnerung an die Affectionen
des Sinnenwesens gebunden sei. Weitere Erörterung über
die Abtrennbarkeit des Geistes vom Körper wird in Aus-
sicht gestellt, aber ist nicht erfolgt. Die Frage aber, ob
die Unsterblichkeit mit der individuellen Wesenheit des
Geistes als persönliche Fortdauer zu fassen sei, lässt sich
weder durch ein Wort der Ethik[1] verneinend, noch durch
Anführungen aus dem verlorenen Dialog Eudemus bejahend
beantworten[2].

Die folgende Bemerkung dagegen erscheint uns sehr
absprechend: „Zu einer positiven Entscheidung der Frage
fehlt uns leider all' und jede Bestimmung über den Begriff
der Persönlichkeit. Von den durch organische Thätigkeit
bedingten Erinnerungen an's Erdenleben soll der individuelle
Geist nichts für seine Ewigkeit bewahren, das ihm bleibende
kann daher wohl nur das Ergebniss seiner Entwickelung
im Erdenleben sein. Das sich Denken ist ihm unveräusser-
und ebenso, was wahrhaft in's Denken, im Unterschiede
von blossem Vorstellen aufgenommen ward“[3].

---

[1] Etwa Eth. Nic. III. 2: Das Fürchterlichste ist der Tod, denn
er ist das Ende von Allem und für den Todten scheint es nichts mehr
zu geben, weder Gutes noch Uebles. Oder die Stelle, welche sagt, die
Erfüllung gewisser Wünsche sei eben so unmöglich, als die Erlangung
der Unsterblichkeit.

[2] Wir theilen, was die persönliche Unsterblichkeit betrifft, dieselbe
Ansicht.

[3] Allein gerade diess ist, wie wir in der Lehre vom νοῦς anführten,
eine dem Aristoteles fremde Auffassung; sie findet sich leider fast all-

Mit reicherem Denkinhalte könnte mithin der Geist das
irdische Dasein ganz wohl verlassen, denn die Frucht und

---

gemein so angenommen und traditionell verbreitet. Pausch (diss.
inaug. p. 36), der sich auch, was die Unterblichkeitslehre betrifft, blind-
lings an Zeller anschliesst (p. 37), findet es, wie es scheint, unum-
stösslich, wenn er sagt: „Ad mentem agentem etiam referendum est,
quod νοῦς dicitur εἶδος εἰδῶν cf. de an. III. 8. Wir haben dagegen, fest-
haltend an dem Satz des Aristoteles, dass das Wesen des νοῦς ποιητικός
das an und für sich sein, das Sich selbst Denken (de an. III. 5) ist,
woraus sich ergibt, dass für den νοῦς ποιητικός die durch den νοῦς παθητικός vermittelten Begriffe nur etwas Accidentelles sind, wie sie denn
auch beim Tode aus ihm verschwinden — (er hatte ja nur das Bewusstsein von ihnen, geformt kamen sie ihm durch den νοῦς παθητικός zu) —
gemäss dieser von Aristoteles ausdrücklich gegebenen Bestimmung haben
wir den νοῦς παθητικός als Form der Formen bezeichnet; er ist es, der
abstrahirt, der νοῦς ποιητικός bietet bloss die Denkprinzipien, sowie den
Anstoss zur dialektischen Thätigkeit des νοῦς παθητικός; wird der νοῦς
ποιητικός direct in die Bildung der Begriffe gezogen, so ist der Zweck
des Aristoteles, etwas von allem irgendwie Materiellen naberührtes im
Menschen zu haben, bei Seite geschoben. Auch der göttliche νοῦς, dem
der menschliche adäquat gebildet ist, denkt nicht die Welt, um nicht
(nach aristotelischer Auffassung) befleckt zu werden. Die Bestimmung
des Menschen, die eben für Aristoteles und die alte Welt (mit Ausnahme der Hebräer) so ziemlich ein Räthsel war, fand Aristoteles in
der Erkenntniss der Welt, er concentrirt alle eigentliche Seligkeit, sowie
jedes eigentliche Sein in das jenseitige θεωρεῖν. Brandis spricht rein
von seinem Standpunkte, wenn er sagt: „was wahrhaft in's Denken
aufgenommen, ist ihm unveräusserlich" — denn Aristoteles behauptet
geradezu, dass die vermittelten Begriffe der Erinnerung des νοῦς ποιητικός entschwinden, sie waren aber gewiss (als Begriffe) in's Denken aufgenommen und in's Bewusstsein des thätigen Verstandes übergegangen,
dieser entnahm sie dem leidenden (wie auch die Scholastiker sagen),
es findet ein indirecter Verkehr mit der sinnlichen Begriffswelt statt.
Auch zur Entwickelung des persönlichen Selbstbewusstseins ist das vermittelte Wissen nicht nothwendig; die Persönlichkeit im νοῦς ποιητικός
ruhend ist von Anfang an etwas Vollendetes, dem göttlichen νοῦς ähnlich, der ohne das Denken an die Welt für sich als vollendetes Wesen
besteht.

das Ziel aller an den Organismus geknüpfter Functionen soll
ja das rein Denkbare sein, daher mit erhöhter Kraftthätigkeit!). Nur fragt sich, wie der entkörperte Geist sich seiner
Identität mit sich selber im Zustande der Verkörperung bewusst bleiben oder werden soll; wie weit Aristoteles sich
diese Frage beantwortet oder auch nur gestellt habe, müssen wir auf sich beruhen lassen " (1179) [2].

Schliesslich sieht sich aber doch Brandis, so schwierig
er zuvor war, veranlasst, hervorzuheben (Aristoteles Lehrgeb. 105—108): „Dass Unsterblichkeit dem concreten Geiste
beizulegen und zwar als fortdauernde Selbstentwicklung,
Aristoteles durch seine Begriffsbestimmungen nicht nur nicht
gehindert war, sondern dass er sich auch solcher Ausdrücke
bediente, die ohne Voraussetzung individueller Unsterblichkeit mindestens sehr ungenau würden. "

Nach Aristoteles besteht die Persönlichkeit im höchsten Selbsterkennen, wenn auch nebenbei der Selbstbeherrschung, also der Willensthätigkeit, erwähnt wird — mehr bietet unser Philosoph nicht — Brandis
scheint darüber unzufrieden zu sein.

[1] Diese beruht nach Aristoteles in der Intuition.

[2] Jedoch ist die Frage aus dem Erkenntnissprocess des Aristoteles
zu lösen; die Philosophie spricht von διανοεῖσθαι, — Abstraction und
überhaupt Begriffsbildung ist aber ohne Mittel- und Einheitspunkt, wie
bei der Sinneswahrnehmung nicht möglich — so musste sich der νοῦς
ποιητικός durch die Begriffe, die als Gegensatz ihm erscheinen und vor
ihm treten, bewusst werden sowie auch der in ihm ruhenden Denkprinzipien, die bei der dialectischen Thätigkeit in Anwendung kommen.
Man könnte auch ein solches Entwickeln der Persönlicskeit (abgesehen
von der Willenskraft) annehmen — und die Begriffe könnten wohl nach
geschehener Entwicklung wegfallen im Jenseits, unbeschadet der Persönlichkeit (wegen der Brandis in Furcht ist) da ja auch die christliche
Theologie den Seligen ein blosses Schauen Gottes zutheilt; — wenn
nach Aristoteles die Entwicklung des Wesens (der Persönlichkeit
des νοῦς) denkbar und zulässig wäre; der νοῦς ποιητ. hat sein volles
Wesen, also auch seine Persönlichkeit ohne die abstrahirten Begriffe,
deren Bewusstsein ihm nebenbei zukommen.

Andere finden die Unsterblichkeit des Geistes nothwendig begründet durch die Annahme des Aristoteles von
der Göttlichkeit desselben[1]). Allein auf solch' breiter Basis
entwindet man sich schwer dem Pantheismus, den Aristoteles doch zu vermeiden sucht.

Ja die Betonung der Göttlichkeit des νοῦς macht den
Beweis für die Unsterblichkeit desselben unmöglich; aber
diess ist eine beliebte Methode, die zugleich die Sache
beendet freilich ohne die Schwierigkeiten lösbar zu machen.
Schmeitzel (p. 15) sagt kurz: „Ihre Individualität erlangt
die Seele durch den Körper[2]), nach dessen Auflösung sie
in die allgemeine göttliche Formkraft zurückkehrt."

---

[1]) Pausch p. 39: Quod autem ad immortalitatis questionem attinet,
Ar. videtur mentem esse immortalem decrevisse, quatenus divinum
quiddam et universale, non quatenus humanus atque singulorum hominum animus est. Dazu wird Zeller citirt, der die Vernunft als etwas
Allgemeines auffasst, was wir oben schon (in der Lehre vom νοῦς) zurückgewiesen haben; wir halten fest das „dass" d. h. die von Aristoteles
gemachte Ansicht, ob sie nun ganz erklärt und unseren entwickelteren
Begriffen ebenbürtig sei oder nicht — das' hindert nicht, sie festzuhalten,
zumal wenn, wie es immer der Fall ist, ein höheres Princip damit gerettet erscheint. Wir weisen hin auf den Theismus des Aristoteles —
auf die strenge Parallele der Begriffe vom göttlichen und menschlichen
νοῦς; was für Gott die Welt, das ist für den menschlichen νοῦς das Leibliche, wie dort der göttliche νοῦς der Welt gegenübersteht, nicht Weltseele, sondern individuelles, persönliches Wesen ist, so muss es hier
der νοῦς ποιητικός sein; wir weisen endlich hin auf den aristotelischen
Begriff οὐσία —, und wir werden dem νοῦς ποιητικός individuelles persönliches Sein nicht absprechen können, so schwer auch die Denkbarkeit
eines solchen Seins bei der schroffen Absonderung des νοῦς von der
Aussenwelt werden muss.

[2]) Vom νοῦς kann dies wohl nicht gelten, wenn wir am ἀμιγής &c.
des Aristoteles festhalten; aber das Sein desselben im Leibe hätte dann
einen Zweck, — dass aber der Verfasser den νοῦς meint, erhellt aus
dem folgenden Ausdruck „Formkraft", in den die Seele zurückkehrt, es
wird aber demselben nicht unbekannt sein, dass die ψυχή mit dem
σῶμα und wie diese untergehe — nachdem ihr Ursprung ein gleicher
und gleichzeitiger gewesen ist.

Eingehender endlich und mit grossem Ernst hat Schrader (in Jahns Jahrb. f. Philol. Bd. 81. p. 89. Leipzig 1860)
unsere Frage behandelt. Er fasst seine Untersuchung in
folgende Punkte zusammen:

1) Der Begriff von Persönlichkeit schliesst
jede unpersönliche Fortdauer aus, mag dieselbe,
auf Grund einer Emanationstheorie oder als Folge der Ansicht, dass alles individuell bestimmte Sein nur eine Affektion
der einen ewigen Substanz sei, in welcher jede Besonder-
heit aufgehoben werden müsse, um Bestand zu gewinnen,
oder auf die Lehre sich fussen, dass nicht das Individuum,
sondern die Gattung unsterblich sei[1]).

2) Der Begriff der Persönlichkeit des Menschen ist in dem von Gott zu suchen, vielmehr in
seiner Ewigkeit und Unveränderlichkeit.

3) Diesen Begriff der persönlichen Einzel-
existenz Gottes gegenüber der Welt hat Aristoteles ausdrücklich hervorgehoben, doch ist der
Persönlichkeitsbegriff nur ein halbentwickelter (die eine Seite,
das theoretische Denken tritt hervor), die schöpferische
Kraft, der Wille, der nach Aristoteles durch ein äusseres
Object angeregt wird, fehlt im göttlichen Geiste[2]).

4) Die Persönlichkeit des göttlichen Geistes
ist festzuhalten; denn würde diese fallen, so würde
auch die des menschlichen negirt werden müssen.

---

[1] Aristoteles de gen. an. II. lehrt, dass die Fortpflanzung der
Gattung die einzige Weise sei, in welcher das Individuum am Ewigen
theilnehme; diese Aeusserung ist jedenfalls der Theorie vom νοῦς untergeordnet und nur im gewissen Sinne auf den νοῦς anwendbar; cf. die
persönliche Einheit des Menschen.

[2] Aristoteles, die Ewigkeit der Welt lehrend, bedurfte desselben
nicht.

5) Zu berücksichtigen ist die Entwicklung
des Gottesbegriffs; die Vorbedingung desselben ist die
Theorie von Stoff und Form ($\mathring{v}\lambda\eta$ $\varkappa\alpha\iota$ $\epsilon\mathring{\iota}\delta o\varsigma$), der Begriff
entwickelt sich so: die Einzelsubstanz, obgleich durch ihr
selbsteigenes Wesen in ihrem besonderen Bestehen bestimmt,
hat doch die Ursache ihrer Erzeugung ausser sich; hieraus
muss auf eine oberste Ursache geschlossen werden, welche
ein Einzelwesen sein muss, das in sich selbst die Ursache
der Existenz und Bewegung hat, das zugleich Ursache aller
Bewegung ausser ihm ist, in welchem nie Potenz und Actualität verschieden ist, weil sonst ein Werden, etwas Ver-
gängliches vorhanden wäre, daher ist dieses Einzelwesen
durchaus immateriell, es hat, unendlich in seinem Sein, in
dem Selbstschauen seines Wesens seine Seligkeit[1].

6) Der menschliche Geist soll eines ähnlichen
Schauens nach seiner Trennung vom Leibe theil-

---

[1] Es ist hiemit über den eigentlichen Inhalt des göttlichen Denkens
nichts Bestimmtes gesagt, es ist eine ausweichende Erklärung des Aristoteles, aber denen, die immer nach diesem Inhalt so zudringlich fragen,
halten wir Bernays (in Theoprast p. 45) bündige Aeusserung entgegen:
die Frage womit das Dasein Gottes und einer ewigen Welt sich
ausfülle, darf auch der muthigste Philosoph entweder gänzlich ab-
lehnen als unlösbar für den Menschengeist, dessen eingeschränkte Ein-
sehnkraft nur die Existenz jener Allwesen zu erfassen, aber nicht ihr
inneres Leben zu bestimmen vermöge, oder er mag in so ausweichender
Weise antworten, wie es die aristotelische Metaphysik wirklich thut,
und die ewige Selbstbeschauung Gottes seine ewige Thätigkeit nennen.
Wir bemerken hier noch nachträglich: Wenn das Persönlichsein
des menschlichen $vo\tilde{v}\varsigma$ nicht möglich sein soll (nach Brandis),
weil ihm das vermittelte Wissen, die Begriffe von Aussen, an
denen sich die Persönlichkeit und das individuelle Selbstbewusstsein entwickeln soll, nicht wesentlich ist, indem es fürs jenseitige Dasein
vergeht, so lässt sich auch im (aristotelischen) Gott der
Persönlichkeitsbegriff nicht festhalten; da letzteres aber geschehen muss, so ist von diesem Gesichtspunkte aus die Persönlichkeit
des menschlichen $vo\tilde{v}\varsigma$ unangefochten.

haft werden, die Kraft, welche ihn dazu befähigt;
ist die thätige Vernunft[1]), oder wie Trendelenburg
(comm. 482) bemerkt, eine thätige Verstandeskraft, aus der
die Wahrheit der Dinge ihren Ausfluss nimmt (intellectus
agens, a quo rerum veritas manat).

7) Dieser Geist[2]) schöpft seinen Gedankeninhalt, der die Vollendung seiner selbst bedingt,
aus der Welt des Werdens und müsste insofern
vergänglich sein wie diese; aber die Kraft zur
Bildung dieses Gedankenreichs[3]), das sich vom
Sinnlichen und Aeusserlichen losreisst und in
das Reich der Freiheit und des Denkens empor-
hebt, ist des Geistes eigenste Natur, sie macht
den Geist mit dem Ewigen wesentlich verwandt,
begründet seine Unsterblichkeit.

8) Dadurch, dass Aristoteles als Bestimmung
des Menschen die Verbindung zwischen Denken
und Wollen erkennt (Eth. Nic. VI. 2), und der Vernunft das Vermögen zuschreibt, als schöpferische
Kraft des Menschen umzugestalten, indem sie

---

[1]) In dieser Weise ist die Göttlichkeit der Vernunft zu betonen,
nicht als ob ihr Wesen an sich göttlich wäre, denn da könnte sie nur
ein Theil von Gott sein, nicht bloss nach unseren, sondern auch nach
aristotelischen Begriffen.

[2]) Wir finden es sonderbar, dass Schrader diesen Geist nicht geradezu
νοῦς παθητικός nennt, denn dieser ist hier verstanden, obgleich „die Vollendung desselben durch den (von aussen gekommenen) Gedankeninhalt"
nur insofern als aristotelisch zu bezeichnen ist, als diese Vollendung
des νοῦς παθητικός für den νοῦς ποιητικός als unwesentlich und das Sein
desselben berührend betrachtet wird. Unter dieser Voraussetzung gilt
die beigefügte Erklärung Schraders: Hier ist für den Geist der Gedanke
sein Stoff, das Denken seine Form und die Theorie seine Thätigkeit.

[3]) Warum nennt Schrader dieselbe zur Vermeidung jedes Missver-
ständnisses nicht νοῦς ποιητικός?

denselben von den ethischen zu den dianoeti-
schen und schiesslich zur Theorie leitet, ist der
Persönlichkeitsbegriff auch bezüglich des Wollens berücksichtigt, und weil von der Vernunft die
Unsterblichkeit behauptet wird, zugleich aber die Persönlichkeit der Vernunft resultirt, so wäre die persönliche
Unsterblichkeit zu deduciren.

9) Aber Aristoteles stellt die Vernunft auch
als göttliche Kraft hin, und lässt die Möglichkeit d. h.
die Art und Weise, wie dieselbe als göttliche Kraft in
einem sinnlich begrenzten Wesen sein, und zwar thätig sein
könne (nach seinen Voraussetzungen) unerklärt[1]).

10) Die Hauptschwierigkeit liegt also nicht darin,
die Zwiefältigkeit der Seele als sinnlich wahrnehmende und
rein geistig i. e. denkendthätige in Einklang zu bringen,
nein, jene vergeht mit dem Leibe; die Frage ist vielmehr, wie kann die Vernunft ohne die Psyche
(Leibseele) thätig sein, was bildet denn den Inhalt ihres Denkens[2])?

Diese Frage findet Schrader vorderhand unlösbar und zieht den Schluss: Aristoteles hat
die persönliche Unsterblichkeit gelehrt, aber
nicht bewiesen[3]).

Diess ist der jetzige Stand der Frage! Untersuchen
wir jetzt die aristoteles'schen Beweisstellen selbst.

---

[1]) Ebenso, wie er die Weise der Einwirkung des göttlichen νοῦς
auf die Welt (ὕλη) unerklärt lässt; cf. Schwegler Grundriss d. Gesch.
d. Philosophie p. 183.

[2]) Bezüglich des göttlichen νοῦς gilt dieselbe Frage; deren Würdigung ist bereits in einer vorhergehenden Anmerkung gegeben.

[3]) Wir möchten hinzufügen: nach unserem (wohl aber nach seinem) Begriff von Persönlichkeit.

Der Dialog Eudemus.

Seine Stellung zu den übrigen aristotelischen Schriften.

Folgen wir der Zeit, in der Aristoteles seine Schriften verfasste [1]), so ist die erste Schrift, welche etwas über unseren Gegenstand enthält, der Dialog Eudemus.

Ehe wir aber den Geist anführen und auf den Inhalt dieses Dialogs näher eingehen, müssen wir mehrere Bemerkungen über den historisch - kritischen Werth dieses Bruchstücks, denn der ganze Dialog ist uns nicht aufbewahrt, sowie über die Stellung der Dialoge des Aristoteles überhaupt zu seinen anderen Schriften vorausschicken.

Die Schriften des Aristoteles sind theils in populärer, theils in wissenschaftlicher Form verfasst, was zur Scheidung in exoterische und esoterische Schriften veranlasst haben mag, die letzteren sind grossentheils, von den ersteren nur Bruchstücke auf uns gekommen. Es steht aber fest, sagt Bernays (Dial. des Arist. 33): dass diese Bezeichnung (ἐξωτερικοί und ἐσωτερικοί λόγοι) nicht von Aristoteles herrühren, und dass die unter diese Bezeichnung verstandene Klasse von aristotelischen Schriften nur in der Form nicht aber dem Inhalte der philosophischen Lehre nach verschieden sind.

In der Hauptsache weichen die Schriften beider Klassen (nach Cic. de fin. 5, 5, 12) von einander nicht ab, daher auch unser Dialog Eudemus mit den späteren Schriften auf gleicher Stufe steht. Doch berufen sich Spätere auf Cicero und meinen, die Dialoge als exoterische Schriften enthielten nicht die wirkliche Meinung des Philosophen, sie seien

---

[1]) Ueber diese Reihenfolge cf. Zeller II. 2. p. 104; und Ritter III. 29; die Titel und Reihenfolge der Dialoge (die bei Zeller nicht) finden sich bei Bernays Dial. Eudem. p. 151.

nicht bloss in der Darstellung populär, sondern auch ihr Inhalt sei gleichsam profan, sie sprächen nicht bloss zum sondern auch im Sinne der unphilosophischen Menge; die andere Schriftenklasse hiegegen, welche man mit einem neuen (weder dem Aristoteles noch seinen älteren Diorthoten bekannten) Ausdruck esoterische nannte, überlieferten den Eingeweihten die wahre Lehre in absichtlich geheimnissvollen und Jedem, der sich nicht zum Adepten hinaufschwinge, unzugänglichen Andeutungen.

Diese Ansicht weist Bernays scharf zurück: Je weiter, sagt er, im sinkenden Alterthum der erneuerte Pythagoreismus mit seinen abgestuften Schülergraden um sich griff und je lustiger der neuplatonische Mysterienschwindel und Hierophantentrug noch einmal vor seinem Erlöschen aufflackerte, desto eifriger benutzte man das Vorhandensein einer unschwer lesbaren exoterisch [1]), neben einer andern, allerdings nicht leicht zu ergründenden sogenannten esoterischen Schriftenreihe, um auch den ernsten stagiritischen Denker zu einen doppelgängigen Priester zu stempeln; als exoterischer Schriftsteller sollte er, der Menge zu lieb, die Philosophie verleugnet, als esoterischer sollte er sie vor der Menge in Räthseln versteckt haben.

Im 16. Jahrhundert tauchen Versuche auf, den zwiespältigen, bald exoterischen, bald esoterischen Aristoteles zu beseitigen und ihn als einen überall sich gleich bleibenden

---

[1]) Im Mittelalter, nachdem die hauptsächlichsten exoterischen Schriften (die Dialoge) zu Grunde gegangen waren, nahm man den Ausdruck ἐξωτερικοί = alio loco; diess mag sich gründen auf die Stelle im Eudemius, die Simplicius (Phys. 16. b) anführt, wo die Worte des Aristoteles Phys. I. 2: ἔχει δ'ἀπορίαν περὶ τοῦ μέρους καὶ τοῦ ὅλου, ἴσως δὲ οὐ πρὸς τὸν λόγον ἀλλ' αὐτὴν καθ' αὐτήν — so wiedergegeben werden: ἔχει δὲ αὐτὸ τοῦτο ἀπορίαν ἐξωτερικήν. Ein ἐξωτερικόν ist also, was nicht dieses Orts ist.

Denker, als Philosophen aus Einem Stück aufzufassen.
(Bern. Dial. d. Arist. p. 34).

Das Verzeichniss aristotelischer Werke, welches auf
ihren ersten kritischen Herausgeber, den Rhodier Andro-
nikus zurückgehen mag, führt an seiner Spitze 27 Bände
jetzt verlorner Schriften auf, die alle in der künstlerischen
Gesprächsform abgefasst waren, wie sie seit Socrates herr-
schend war. Bernays und mit ihm Brandis und Andere
machten die Beobachtung, dass an der Spitze des Verzeichnisses bei Diog. Laërtius (5, 22) die dialogischen Schriften
stehen. Aus diesem Verzeichniss werden die nunmehr wie
erwähnt, ganz oder theilweise verlornen 19 Dialoge des
Aristoteles angeführt und zwar sieht man, bemerkt Bernays
(p. 131), dass der Anfertiger des Verzeichnisses mit aus-
nahmsloser Strenge die Dialoge nach ihrer Bändezahl in
absteigender Folge geordnet habe, woraus die Bändezahl
der einzelnen Dialoge einerseits, sowie die Abtheilung der
Dialoge von der Abtheilung anderer Schriften des Aristoteles
andererseits sich entziffern lässt.

Da nun unser Dialog Eudemus unter dem Titel „über
die Seele" (περὶ ψυχῆς) an dreizehnter Stelle steht und auf
mehrere einbändige Dialoge im Verzeichniss folgt, so gehört
er unter dieselben. Jedenfalls ist er also eine spätere reifere
Arbeit, wo Aristoteles schon einen exakten Standpunkt gewonnen hatte. Allerdings kommt hier die Ansicht Zellers
(II. 2. 460) und Anderer zur Geltung, dass sich im Eudemus
platonischer Einfluss zeige, um so mehr als z. B. schon
Plutarch das aristotelische σονπόσιον (im Verzeichn. das 10te)
mit dem platonischen zusammenstellt [1]), allein dieser Einfluss
ist auf das oben bezeichnete Mass zu reduziren.

---

[1]). Auch im aristot. Sympos. ist von Opferkränzen die Rede, die bei
Trauer abgelegt werden (Bernays Dial. 133).

Was die Form des Dialogs betrifft so ist man nach
Bernays zu glauben gezwungen, dass Aristoteles der stagi-
ritische Halbgrieche, dessen universale geistige Herrschaft
über die ferne Nachwelt wesentlich durch seine Freiheit
von dem Zauber des spezifisch hellenischen Gestaltungs-
triebes bedingt wird, auch da, wo er als Künstler auftrat,
kein voller Künstler gewesen ist; die dramatische Plastik
Platos wird er nicht haben erreichen können, ja er scheint
auf dieselbe in richtiger Selbstschätzung von vorneherein
verzichtet zu haben, denn während Plato darin Dramatiker
ist, dass er nie in eigner Person das Wort nimmt, gab
Aristoteles jenen strengen Styl der dialogischen Kunst auf,
indem er sich selbst die Hauptrolle zutheilte (cf. Cic. ad
Att. 13. 19, 4,). Jedoch erinnert nicht nur die dialogische
Form an Plato, sondern Aristoteles folgt dem Vorgänger
auch auf das Gebiet der mythologischen Sagenbilder und
des gewöhnlichen Volksglaubens. Während jedoch Plato
das von dieser Seite dargebotene mit freischaltender Phantasie umschafft und z. B. in der Beschreibung der Höllen-
ströme selbst Mythologie wird, liess Aristoteles das Ge-
gebene unangetastet und verwerthete es in seiner ursprünglichen Gestalt als eine aus grauer Vorzeit in die Gegenwart
herabreichende Kette von übereinstimmenden Zeugnissen
für den tiefen Zug des menschlichen Gemüthes, das Leben
nicht mit dem leiblichen Tode aufhören zu lassen (Bernays
Dial. 23). Cicero findet in den Dialogen des Aristoteles
den reichsten Vorrath stylistischer Form (Aristotelia pig-
menta)[1] und dialektische Gewalt (de orat. 3, 19)[2]. Bernays nennt den Dialog Eudemus einen köstlichen Rest
Aristotelischer Kunstprosa.

---

[1] Ad Att. 2, 1.

[2] Ueber den Styl des Aristoteles in den Dialogen Davids Schol.
in Arist. 26[b] 35: ἐν μὲν τοῖς διαλογικοῖς τοῖς ἐξωτερικοῖς σαφής ἐστιν, ὡς πρὸς
τοὺς ἔξω φιλοσοφίας διαλεγόμενος ὡς δὲ ἐν διαλεκτικοῖς ποίκιλος ταῖς μιμήσε-
σιν, Ἀφροδίτης ὄνομα τέμνων καὶ Χαρίτων ἀνάμεστος.

Die Geschichte des Dialogs Eudemus.

Bis in die byzantinische Zeit hatte sich ein Gespräch erhalten, in welchem Aristoteles das Andenken seines Freundes Eudemus verewigen wollte. Dieser hatte seine Heimath Kypros in Folge politischer Wirren, welche dort durch die verwickelten Verhältnisse der kleinen Stadtkönige zu einander und zu den oberherrlichen persischen Monarchen herbeigeführt waren und mit kurzen Unterbrechungen während der zwei ersten Dritttheile des 4. Jahrhunderts v. Chr. sich fortsetzten, verlassen müssen. Nach Athen übergesiedelt schloss sich Eudemus dem freien Männerbunde an, welcher in der Akademie unter Platons Leitung Fremde aus allen Theilen Griechenlands vereinigte zu theoretischer Fortbildung der Wissenschaft nicht minder als zu praktischer Umgestaltung des hellenischen Lebens im Wege politischer Thätigkeit. Die bedeutendste Unternehmung der letzten Art war der Versuch Dions zur Verwirklichung des edlen Traumes Platos vom herrschenden Philosophen oder philosophischen Herrscher — und diess auf Sicilien. Eudemus nahm persönlich an dem Abenteuer Theil und auch eine Reise desselben nach Macedonien hing damit zusammen. Auf dem Wege dahin überfiel ihn in Pherä, wo der berühmte Tyrann Alexander herrschte, eine schwere Krankheit; die Aerzte gaben den Eudemus verloren, aber dem Kranken erschien im Fiebertraume eiu Jüngling von übermenschlicher Schönheit, der ihm drei Geheimnisse der Zukunft verkündigte: er werde in nächster Zeit genesen, die Tage des Tyrannen seien gezählt[1]) und in fünf Jahren werde er in seine Heimath zurückkehren. Die zwei ersten Mittheilungen erfüllten sich pünktlich. Eudemus nach Athen zurückgekehrt theilt den Schülern Platos, die, wie Bernays bemerkt (21), eher zu viel als zu wenig Gewicht auf die dunkle Seite des

---

[1]) Das Geschichtliche bei Klinton-Krüger p. 301.

menschlichen Gemüthes gelegt haben, dasjenige mit, was
ihm begegnet war und ihn innerlich so sehr beschäftigte.

Man deutete das Traumgesicht im natürlichen Sinne,
die politischen Verhältnisse in Kypros[1]) würden sich binnen
fünf Jahren geordnet haben und Eudemus sodann zurückkehren; allein Eudemus fiel im fünften Jahre in einem Ge-
fechte bei Syracus und nun verstand man in der Akademie,
welcherlei Heimkehr der Götterjüngling im Traume ver-
kündigt hatte; nicht die Wiederaufnahme in Kypros war
gemeint, sondern die Einkehr in dasjenige Vaterland, aus
welchem der menschliche Geist in das irdische Dasein her-
niederkommt und wohin der Tod ihn zurückführt[2]).

Die Fragmente des Dialogs Eudemus.

Das grösste Bruchstück findet sich bei Plutarch „Moralia“,
welcher uns einen Theil der Trostschrift an Appollonius, in

---

[1]) Ueber diese Verhältnisse cf. Evagoras und Diodor 15, 2—9;
16, 42—46.

[2]) Cic. de divin. 1, 25—53: Quid? singulari vir ingenio Aristoteles
et paene divino ipsene errat an alios vult errare, cum scribit Eudemum
Cyprum familiarem suum iter in Macedoniam facientem Pheras venisse,
quae erat urbs in Thessalia tum admodum nobilis ab Alexandro autem
tyranno crudeli dominatu tenebatur: in eo igidur oppido ita graviter
aegrum Eudemum fuisse et omnes medici diffiderent; ei visum in quiete
egregia facie juvenem dicere fore ut perbrevi convalesceret paucisque
diebus interiturum Alexandrum tyrannum ipsum autem Eudemum quin-
quennio post domum esse rediturum. Atque ita quidem prima statim
scribit Arist. consecuta et convaluisse Eudemum et ab uxoris fratribus
interfectum tyrannum, quinto autem anno exeunte cum esset spes ex
illo somnio in Cyprum illum ex Sicilia esse rediturum proeliantem eum
ad Syracusas occidisse: ex quo ita illud somnium esse interpretatum ut
cum animus Eudemi e corpore excesserit, tum domum revertisse videatur.
Das Letztere erinnert an der platonischen Dialog Krito (44 u. ff.). Aristoteles, damals 30 Jahre alt, der bevorzugte Schüler des bereits 75jährigen
Plato, Freud und Leid der Akademie theilend, stiftete dem betrauerten
Freunde ein philosophisches Denkmal in einem Dialog wie Platon dem
Sokrates im Phaedon.

welcher der Dialog Eudemus citirt ist, überliefert. Der
Text, um welchen Wyttenbach bei seinem fortlaufenden
Commentar zu Plutarchs Moral diesem Fragmente begeg-
nend, grosse Verdienste hat, entnehmen wir Dübner (Vol. I.)
wie ihn auch Bernays (rhein. Mus. für Philolog. XVI,
pag. 236 ff.) anführt. Ueber die Scene, wo der Dialog
spielt, sowie über die Personen, welche darin auftreten,
ist uns historisch nichts überliefert.

Der Text lautet also:

„Ausser dem Glauben, o bester und Glücklichster von
Allen, dass die Dahingeschiedenen selig und glücklich und
es Sünde sei, Unwahres und Lästerliches von ihnen zu
reden, weil sie bereits in einen reineren und höheren Zustand übergegangen sind — und dieser Glaube hat sich bei
uns ohne Unterbrechung aus so hohem Alterthum behauptet [1]),
dass schlechterdings Niemand den Zeitpunkt seines Ent-
stehens oder einen andern Stifter desselben kennt, als den
unendlichen Aeon — ausser diesem Allem siehst Du ja,
wie ein alter Wahrspruch auf allen Gassen in der Leute
Mund umhergetragen wird.

Welchen meinst Du, sagte er? Dass, hub jener wieder
an, gar nicht geboren zu sein zwar das Allerbeste, sterben
aber wenigstens dem Leben vorzuziehen sei. Und Vielen
ist diess so von göttlicher Seite bezeugt worden. Unter
Anderm geht ja die Sage, als jener viel erwähnte Midas
dem Silenus, nachdem er lange auf ihn Jagd gemacht,

---

[1]) Nach Aristoteles ist alles Wissen und alle Kunst unzählige Male
entdeckt worden und wieder verloren gegangen, und die nämlichen Vorstellungen sind nicht nur ein- oder zweimal, sondern unendlich oft zu
den Menschen gekommen. Aber doch hat sich eine gewisse Erinnerung
an einzelne Wahrheiten in dem Wechsel der menschlichen Zustände,
welcher eintritt, während die Welt an sich wie die Menschheit ewig ist
(Meteor. I. 14), erhalten und diese Ueberbleibsel eines untergegangenen
Wissens machen den Kern der mythischen Ueberlieferung aus (Met.
XII. 8; de coelo I. 3; Polit. VII. 10).

endlich gefangen, ihn ausgefragt habe und zu wissen verlangt habe, was wohl für die Menschen das Bessere und
Allervorzüglichste sei.

Anfangs habe Silenus gar nicht reden wollen, sondern
starres Schweigen beobachtet. Als ihn endlich Midas dahin
gebracht, den Mund gegen ihn zu öffnen, habe er unter
lautem Auflachen so begonnen: „Eintagsbrut des mühseligen
Geistes und der Schicksalsnoth, was thut ihr mir Gewalt
an, dass ich sage, was nicht zu erfahren auch dienlicher
ist; denn in Unkenntniss des eigenen Elends verstreicht
euer Leben am leidlosesten. Wer einmal ein Mensch ist,
dem kann überhaupt nicht das Allervortrefflichste werden
und er kann gar keinen Antheil haben an dem Wesen des
Besten. Das Allervorzüglichste wäre also für euch Männer
wie Weiber, gar nicht geboren zu sein. Das Nächstbeste
jedoch, was unter dem Uebrigen als das Erste sich empfiehlt,
an sich aber nur die zweite Stelle einnimmt, ist: nachdem
ihr geboren worden, möglichst bald zu sterben.“ Offenbar
liegt nun diesen Aussprüchen die Ansicht zu Grunde, dass
das Behagen im Tode ein höheres sei als im Leben[1]).

---

[1]) Τοῦτο δὲ φησίν Ἀριστοτέλης καὶ τὸν Σειληνὸν συλληφθέντα τῷ Μίδᾳ
ἀποφήνασθαι. Βέλτιον δ᾽ αὐτὰς τὰς τοῦ φιλοσόφου λέξεις παραθέσθαι· φησὶ δὲ
ἐν τῷ Εὐδέμῳ ἐπιγραφομένῳ ἢ περὶ ψυχῆς ταυτί· Διόπερ, ὦ κράτιστε πάντων
καὶ μακαρίστατε καὶ πρὸς τῷ μακαρίους καὶ εὐδαίμονας εἶναι τοὺς τετελευτηκότας
νομίζομεν (vulg. νομίζειν) καὶ τὸ ψεύσασθαί τι κατ᾽ αὐτῶν καὶ τὸ βλασφημεῖν
οὐχ ὅσιον, ὡς κατὰ βελτιόνων ἡγούμεθα, καὶ κρειττόνων ἤδη γεγονότων· καὶ
ταῦθ᾽ οὕτως ἀρχαῖα καὶ παλαιὰ διατελεῖ νενομισμένα παρ᾽ ἡμῖν, ὥστε τὸ παρά-
παν οὐδεὶς οἶδεν οὔτε τοῦ χρόνου τὴν ἀρχὴν, οὔτε τὸν θέντα πρῶτον, ἀλλὰ
τὸν ἄπειρον αἰῶνα*) τυγχάνουσι διὰ τέλους οὕτω νενομισμένα· πρὸς δὲ δὴ τού-

---

*) Die hier mehr stylistische Personification des Aeon in einem
aristotelischen Dialog, bemerkt Bernays (l. c. 242) ist nicht befremdend,
da Aristoteles in der wissenschaftlichen Schrift περὶ οὐράνου deutlich eine
Hypostasirung des Aeon sich erlaubt. Aeon ist nach Aristoteles selbst
(de coelo I. 9; s. ethymologischen Ableitungen haben freilich an sich
keinen Werth) das die gesammte Zeit und den unbegrenzten Raum um-
fassende und darum immer seiende (ἀεὶ εἶναι) unvergängliche und göttliche Bereich (πάντα χρόνον καὶ τὴν ἀπειρίαν περίεχον τέλος).

Nach Krische (Forschungen p. 17. 304) ist ein anderes
Fragment bei Sextus Empiricus (adv. Math. IX. 20) aus
dem Dialog Eudemus. Zeller dagegen meint, es sei aus
der Schrift über Philosophie (περὶ φιλοσοφίας) ¹).

Aristoteles lehrt da, dass von den zwei Prinzipien, die
im Menschen sind, das eine, die Vernunft, göttlicher Natur
sei und dass desshalb die Seele im Schlafe göttliche Be-

τοῖς (διὰ στόματος ἐν τοῖς ἀνθρώποις) ὁρᾷς, ὡς ἐκ *) πολλῶν ἐτῶν παλαίου
χρόνου περιφέρεται θρυλούμενον.

Τί τοῦτ'; ἔφη — κ' ακεῖνος ὑπολαβὼν, 'Ὡς ἄρα μὴ γίνεσθαι μὲν, ἔφη, ἄριστον πάντων, τὸ δὲ τεθνάναι τοῦ ζῆν ἐστι κρεῖττον· καὶ πολλοῖς οὕτω παρά
τοῦ δαιμονίου μεμαρτύρηται· τοῦτο μὲν ἐκείνῳ τῷ Μίδᾳ λέγουσι δήπου μετὰ
τὴν θήραν, ὡς ἔλαβε τὸν Σειληνὸν, διερωτῶντι καὶ πυνθανομένῳ, τί ποτέ ἐστι
τὸ βέλτιον τοῖς ἀνθρώποις καὶ τί τὸ πάντων αἱρετώτατον, τὸ μὲν πρῶτον οὐδὲν
ἐθέλειν εἰπεῖν, ἀλλὰ σιωπᾷν ἀρρήτως· ἐπειδὴ δὲ ποτε μόλις πᾶσαν μηχανὴν
μηχανώμενος προσηγάγετο φθέγξασθαί τι πρὸς αὐτόν, οὕτως ἀναγκαζόμενος εἰπεῖν,
Δαίμονας ἐπιπόνου καὶ τύχης χαλεπῆς ἐφήμερον σπέρμα τί μεβιάζεσθε λέγειν,
ἃ ὑμῖν ἄρειον μὴ γνῶναι; μετ' ἀγνοίας γὰρ τῶν οἰκείων κακῶν ἀλυπότατος ὁ βίος·
ἀνθρώποις δὲ πάμπαν οὐκ ἐστι γενέσθαι τὸ πάντων ἄριστον, οὐδὲ μετασχεῖν τῆς
τοῦ βελτίστου φύσεως· ἄριστον **) γὰρ πᾶσι καὶ πάσαις τὸ μὴ γενέσθαι· τὸ μέν-
τοι μετὰ τοῦτο καὶ τὸ πρῶτον τῶν ἄλλων ἀνυστον, δεύτερον δὲ, τὸ γενομένους
ἀποθανεῖν ὡ τάχιστα. Δῆλον οὖν ὡς οὔσης κρείττονος τῆς ἐν τῷ τεθνάναι δια-
γωγῆς, ἢ τῆς ἐν τῷ ζῆν οὕτως ἀπεφήνατο.

---

*) ἐκ ohne handschriftliche Gewähr richtig oder unrichtig eingefügt.

**) Bernays setzt statt ἄριστον γὰρ — ἄριστον ἄ ρ α. Wir finden diess
richtig, denn erstere Leseart (γὰρ) verursacht eine völlige Umkehrung
des logisch richtigen Verhältnisses; nicht weil ungeboren zu bleiben
für den Menschen das Zuträglichste ist, können sie an dem Wesen des
Besten nicht Theil nehmen, sondern weil sie an dem Wesen des Besten
nicht Theil nehmen können, ist es das Zuträglichste für sie, gar nicht
geboren zu werden, sich des Elendes, wie es im Dialog heisst, nicht
bewusst zu werden; es wird also statt einer begründenden, eine folgernde
Partikel (ἄρα) verlangt.

Die übrigen Textesverbesserungen haben auf den Inhalt und Sinn
keinen wesentlichen Einfluss.

¹) II. 2. p. 463 Anmerkung.

geisterung und die Gabe der Prophezeiung habe. „Wenn
nämlich, sagt Aristoteles, im Schlafen die Seele für sich ist,
dann nimmt sie ihr eigenes Wesen an [1]) und prophezeit und
sagt das Zukünftige vorher, ebenso ist es auch, wenn sie
durch den Tod vom Leiblichen getrennt ist [2]).

Zeller sieht im Eudemus und ebenso in diesem Fragmente
bei Sext. Empiricus an Aristoteles die Spuren des platonischen
Einflusses und gibt es auf, den Standpunkt, den Aristoteles
im Eudemus einnimmt mit dem der späteren Schriften durchaus zu vereinigen (II. 2. p. 424).

Dass Aristoteles ähnliches Beweisverfahren bezüglich
der Unsterblichkeitslehre wie Plato eingehalten hat, geht
allerdings hervor aus Philoponus (de an. E. 2. m.) aus
Simplicius (de an. 14. a) und Olympiodor (im Phaed. p. 142),
dass aber die Philosophie des Aristoteles zur Zeit der Abfassung dieses Dialogs der Hauptsache nach entwickelt war,
können wir schon aus dem einen Hauptpunkt abnehmen,
dass die Theorie vom Wesen der Vernunft (νοῦς), die getrennt vom Leibe ihre eigentliche Natur hat, sie schon hier
deutlich findet, auch die göttliche Natur derselben und ihre
Unterscheidung von dem anderen Prinzipe im Leibe ist
bereits klar ausgesprochen; doch die Unsterblichkeit lässt
sich aus diesem Fragment schwer ableiten, da diess die
einzige (und noch dazu dunkle) Stelle ist, wo Aristoteles
von einem prophetischen Ahnungsvermögen der Seele redet,

---

[1]) Wie es in der späteren Schrift de an. III. 5 heist: χωρισθεὶς δ᾽ ἐστι
μόνον (ὁ νοῦς) καθ᾽ ὅπερ ἐστί.

[2]) Ἀριστοτέλης δὲ ἀπὸ δυοῖν ἀρχῶν ἔννοιαν θεῶν ἔλεγε γεγονέναι ἐν τοῖς
ἀνθρώποις, ἀπό τε τῶν περὶ τὴν ψυχὴν συμβαινόντων καὶ ἀπὸ τῶν μετεώρων·
ἀλλ᾽ ἀπὸ μὲν τῶν περὶ τὴν ψυχὴν συμβαινόντων διὰ τοὺς ἐν τοῖς ὕπνοις γινο-
μένους ταύτης ἐνθουσιασμοὺς καὶ τὰς παντείας. ὅταν γὰρ, φησίν, ἐν τῷ ὑπνοῦν
καθ᾽ ἑαυτὴν γένηται ἡ ψυχή, τότε τὴν ἴδιον ἀπολαβοῦσα φύσιν προμαντεύεται
τε καὶ προαγορεύει τὰ μέλλοντα. τοιαύτη δὲ ἐστι καὶ ἐν τῷ κατὰ τὸν θάνατον
χωρίζεσθαι τῶν σωμάτων.

und da Aristoteles (wie Zeller ibid. hinweist) später keine Erwähnung von selbem macht.

Was soll die Seele bei oder nach ihrer Trennung vom Leibe ahnen? An das Vergangene ist für sie kein Denken und Erinnern mehr — im Jenseits schaut sie sich selbst — kurz das Wie bleibt unerklärt; dass unter Seele hier der Geist (νοῦς) zu verstehen ist, ergibt sich aus dem Zusammenhang; es steht auch fest, dass von Seite des durch den Tod getrennten Geistes eine Aktion (das προαγορεύειν καὶ μαντεύεσθαι) stattfindet, er also fortdauert, ob wir aber schon damals den Geist (νοῦς) nach Aristoteles System als individuell und persönlich annehmen dürfen, bleibt dahingestellt.

Ein drittes Fragment vom Dialog Eudemus überliefert uns Philoponus (de an. E. 1. b). Es enthält die auch in der Psychologie des Aristoteles geführte Polemik gegen die Vertheidiger der Ansicht, dass die Seele aus der Mischung der Körperelemente hervorgehe und zugleich mit deren Trennung untergehe, wie die Harmonie aus der Vereinigung der hohen und tiefen Töne entstehe und den Bestand des tönenden Instrumentes gebunden sei. Diese Polemik gegen die Lehre von der Seele als Harmonie, sowie gegen die Läugner der Unsterblichkeitslehre, bildet (nach Bernays) den zweiten Theil des Dialogs Eudemus, da uns aber bezüglich der Unsterblichkeit in dem Fragmente nichts überliefert ist, begnügen wir uns, es erwähnt zu haben.

Der Inhalt des Eudemus.

Der Inhalt des Dialogs Eudemus bald in direkter bald in indirekter Form gegeben, bietet folgende Punkte:

1) Die Lehre von einem seligen Zustand der Verstorbenen nach dem Tode: diese Lehre ist Urtradition, vom Himmel (Aeon im angeführten Sinne) gekommen und ist bei den

Griechen ($\pi\alpha\varrho$' $\eta\mu\tilde{\imath}\nu$) allgemein angenommen, i. e. Volksglaube [1]).

2) Dieser Zustand wird als ein höherer und besserer
bezeichnet als derjenige ist in diesem Leben, obgleich nicht
der beste, denn „wer einmal ein Mensch ist, der kann überhaupt nicht das Allervortrefflichste werden und er kann gar
keinen Antheil haben an dem Wesen des Beaten [2]) woraus
folgt, dass es besser sei a) zu sterben, b) das Beste, gar
nicht geboren sein, weil denn doch das Beste ($\tau\acute{o}$ $\pi\acute{\alpha}\nu\tau\omega\nu$
$\breve{\alpha}\varrho\iota\sigma\tau\sigma\nu$) dem Menschen vorenthalten bleibt. Wie dieser
Zustand nach dem Tode zu fassen sei, gibt Aristoteles nicht
an [3]), gewiss ist, dass er hierin den Vorstellungen seines
Volkes nicht folgte.

3) Wenn nun ferner gesagt wird, dass diese praktischen Folgerungen aus dem Glauben an einen höheren
Zustand der Verstorbenen nach dem Tode ebenso unter
dem Volke verbreitet seien als der Glaube an jenen Zustand
selbst, so scheint Aristoteles hierin etwas weit gegangen
zu sein. Der lebensfrohe Grieche mit seinem lebendigen
Geiste, der aus der wunderbaren Natur und dem rührigen
Leben um sich mehr als hinreichend Stoff fand, um sich
an die Erde fesseln und darüber das Zukünftige vergessen
zu lassen und der darin durch seine Dichter noch grösstentheils bestärkt wurde, konnte nicht glauben oder wünschen,
gar nicht geboren zu sein. Es ist dieser Gedanke, einem
Gott in den Muud gelegt, Erzeugniss düsterer ernster Re-

---

[1]) Das Verhältniss des Aristoteles zum Volksglauben s. oben.

[2]) Silen spricht da als Gott. Wollte etwa unser Philosoph den
Zustand der Götter als einen viel höheren als den er Verstorbenen hervorheben? In späteren Schriften lässt er den Geist im Jenseits durch's
$\vartheta\epsilon\omega\varrho\epsilon\tilde{\imath}\nu$ an der Seligkeit der Gottheit Theil nehmen.

[3]) Auch das spätere $\vartheta\epsilon\omega\varrho\epsilon\tilde{\imath}\nu$ ist ein unbestimmter Ausdruck für den
Zustand der Seligen.

flexion über die Schattenseite des Lebens und über das
Ungewisse nach dem Tode und wurde erst zur Zeit des
Aristoteles (oder etwas früher), wo das Griechenthum seinen
Höhepunkt erreicht hatte und seinem Verfalle zuneigte, bei
den edleren Griechen immer gangbarer. In dieser Beziehung
bemerkt Bernays (Dial. d. Ar. p. 23): „Je mehr das Griechenthum und die alte Welt überhaupt sich ihrem Verfall
zuneigte, desto herberer Ernst lagert sich auf den Zügen
ihrer Dichter und Denker und desto spurloser verschwindet
die frühere heitere Lust an dem Leben. Thucydides weiss
nichts von Lachen und Spiel, Euripides verfällt in
tobende Trauer und die strenge Zucht des Denkens, der
sich Aristoteles untergab, konnte nicht verhindern, dass,
als er in diesem Theil des Dialogs nicht das einzelne Elend
im menschlichen Leben, sondern das menschliche Leben im
Ganzen als ein Elend schildern wollte, hiefür sich ihm
das entsetzliche Bild aufdrängte, vor dessen Ausmalung
sowohl der Frohsinn wie der Schönheitssinn eines Hellenen
der früheren Zeit zurückgebebt, wäre [1].

4) Der Glaube an einen besseren Zustand nach dem
Tode ist für den gläubigen Griechen, hiezu scheint Renan

---

[1] Aus S. Augustin contra Julian. IV., wo eine Stelle aus Cicero,
die ein Fragment aus dem Dialog Eudemus sein mag, angeführt wird,
entnehmen wir: dass Aristoteles das irdische Dasein, welches den Geist
an den Körper heftet, mit dem Zustande der Unglücklichen verglich, die in
die Hände etruskischer Seeräuber gefallen waren und nach der grau-
samen Sitte dieser Barbaren der Civilisation mit Leichnamen zusammen-
geschmiedet wurden. Wie durch diese grässliche Paarung das Lebendige
in die Verwesung des Todten hineingezogen wird, so schleppe der auf
die Erde verstossene, allein wahrhaft lebendige Geist den Körper mit
sich als einen todten Fesselgenossen, dessen Fäulniss ihn ansteckt. Doch
scheint die ganze Anschauung der orphischen Theologie entnommen,
welche von einem solchen Gefühle der Unseligkeit des irdischen und
leiblichen Daseins ergriffen ist, dass sie den Leib nur als das Gefäss
der Seele ansieht und Sterben für besser achtet als Leben (Baur II. 316).

auch unseren Philosophen in diesem Punkte zu rechnen
(120 Averrves) [1]) nicht bloss durch allgemein aus dem Aeon
gekommene Urtradition sanctionirt, sondern sie beruht auf
specieller Offenbarung, die nach Vielen ($\kappa\alpha\grave{\iota}$ $\pi o\lambda\lambda o\tilde{\iota}\varsigma$) von
göttlicher Seite ($\pi\alpha\varrho\grave{\alpha}$ $\tauo\tilde{\upsilon}$ $\delta\alpha\mu o\nu\acute{\iota}o\upsilon$) zu Theil wurde, die
aber hier aus dem Munde eines Gottes, des Silenus [2]) an
den (König) Midas [3]) kundgegeben wird.

---

[1]) Dans le dialogue intitulé Eudemus Aristote suivait de même
l'opinion *vulgaire* sur l'imortalité.

[2]) Tόν Σειληνόν (mit dem Artikel) scheint jenen Silen anzudeuten,
welcher gewöhnlich für den Aeltesten unter den Satyrn gilt, deren
leichtfertige Schaar er mit väterlicher Sorgfalt anführt und behütet; als
solcher kommt er vor bei Euripides im Cyclops. Die Silene als ältere
Satyre scheinen von letzteren verschieden zu sein, sie gehören vorzugsweise der kleinasiatischen, namentlich lydischen und phrygischen Sage
an, also jenen Formen des Bacchusdienstes, die den griechischen zwar
verwandt, aber doch in vielen Punkten von ihnen verschieden waren.
Sie waren Dämonen des fliessenden, begeisternden Wassers und hatten
neben ihrer sourrilen und lasciven Bedeutung doch auch eine ernstere,
nämlich die der bacchischen Naturbegeisterung, die in musikalischen
Erfindungen und prophetischen Aussprüchen sich offenbart. Selbst das
Symbol des Esels, welches den Silenen eigenthümlich ist (und in
der Midassage so bedeutungsvoll hervortritt) wurde erst durch die
Griechen einseitig lächerlich. In dem ursprünglichen Zusammenhang
jener asiatischen Bilder und Sagen muss dieses Thier neben seiner ge-
meineren Natur eine höhere und edlere, etwas Prophetisches gezeigt
haben, wie in anderen orientalischen Dichtungen. Einen (solchen) Silen
also hatte der König Midas als prophetischen Begleiter; auch hat er
selbst das Symbol der Silene d. h. Eselsohren bekommen, weil er über
einem Wettkampf des Apollo und des Marsyas verkehrt entschieden
hatte (Preller I. 406. 453).

[3]) ἐκείνῳ τῷ Μίδᾳ — Midas, jener in der Mythe vielberufene (nach
Bernays), durch seine Eselsohren bekannte, sagenhafte zweite König
Phrygiens erscheint immer in der engsten Beziehung zum phrygischen
Dionysus, dessen erster Priester wie der der Cybele er ist (Ovid. Met.
XI. 90; Justin XI. 7) und zu seiner Umgebung der Silenen,

5) Freilich war es eine abgedrungene Mittheilung, die
dem Midas von dem erjagten und gefangenen Silenus wurde [1]).

6) Denn erst nach hartnäckigem Schweigen, das dann
durch den Grund motivirt wird, dass das Leben am leidlosesten verstreicht in der Unkenntniss des eigenen Elends,
bricht Silen in lautes Lachen aus, ganz seiner Natur gemäss,
welche aus Sourrilität und Tiefsinn, aus Humor und Ernst
zusammengesetzt ist, und hält eine lebhafte Anrede, die
ebenso von rhetorischem Schwung als logischer Schärfe
zeugt und deren Inhalt sich in die zwei Hauptsätze zusammen fassen lässt: dass die Todten in einen höheren
Zustand übergehen — und dass sterben oder gar nicht
geboren sein für den Menschen das Beste sei. Aus diesen
zwei Sätzen wird dann die Folgerung gezogen, dass der
Tod jedenfalls besser ist als das Leben, mag man nun
einen höheren Zustand nach demselben annehmen oder ihn
nur als eine Erlösung von diesem Leben betrachten.

7) Zuletzt tritt Aristoteles selbst redend auf und schliest
mit der Erklärung: „Offenbar liegt nun diesen Aussprüchen
die Ansicht zu Grunde, dass das Behagen im Tode ein
höheres sei als im Leben" [2]).

---

[1]) Diese Jagd fand öfter statt, bald in Phrygien, bald in den Rosen-
gärten des Midas am Bermios in Macedonien; von dieser Jagd erzählt
auch Theopomp bei Aelian; Servil; Virg: Ecl. (cf. Preller I. S. 453);
ihre tiefere Bedeutung ist uns nicht bekannt. Das Fangen des Silen
bewerkstelligte Midas, indem er eine Quelle mit Wein vermischte, dem
Berauschen war Silen geneigt.

[1]) ἐν τῷ τεθνάναι = in moriendo — hiemit ist nicht gesagt, dass der
Zustand nach dem Tode ein besserer sei und dass es überhaupt einen
solchen gebe; Brandis (griech.-röm. Philos. 1179) übersetzt „im Gestorbensein weilen". Es wäre wenig Beweiskraft für die Unsterblichkeit in
diesem Ausspruch des Aristoteles, wenn er allein stünde, und nicht
vielmehr der ganze Dialog die Ansicht desselben ausdrückte. Aristoteles glaubt an die Fortdauer des Menschen nach dem
Tode, wie sein Volk, nur an den Hades und die Götter glaubt er
nicht; die persönliche Unsterblichkeit kommt hier gar nicht in Betracht.

Die Beweiskraft des Dialogs Eudemus für die Unsterblichkeit.

Hierüber lauten die Ansichten verschieden, Bernays (Dial. des Aristoteles p. 23) meint: „Jener bedeutsame Traum des Eudemus bot einen lockenden Anlass, die Frage von der Fortdauer der Seele nach dem Tode einer neuen Erörterung zu unterziehen. Der junge Stagirite, dessen Denken zu selbstständiger Kraft erstarkt war, wollte in einer anmuthigen, der platonischen nacheifernden Form einen Ueberblick über alles das geben, was den Glauben an eine ewige Menschenseele auch bei denen, welche, wie er selbst, die Ideenlehre verwarfen, zu wecken und zu befestigen geneigt war [1]).

Brandis bemerkt: „Fügt Aristoteles im Dialog Eudemus dem angeblichen Auspruch des Silenus, das Beste sei nicht geboren zu sein, die Worte hinzu, offenbar solle also das im Gestorbensein Weilen besser sein als das im Leben und macht er in demselben Dialog von einem in Erfüllung gegangenen Traumgesicht des Kypriers Eudemus die Anwendung, indem die Seele des Eudemus den Körper verlassen habe, sei sie in ihre Heimath zurückgekehrt, so haben wir zwar nicht Grund anzunehmen, Aristoteles habe hier nicht im eigenen Namen, sondern im Sinne der gewöhnlichen Vorstellungsweise gesprochen, aber ebensowenig den Glauben an persönliche Fortdauer im gewöhnlichen Sinne des Wortes zu folgern (griech. röm. Philos. S. 1179 ff.

Zeller, wie wir schon bemerkt haben, findet im Eudemus nur Platonik und findet den Standpunkt der

---

[1]) Diese Aeusserung wird durch eine andere Bemerkung Bernays (24) abgeschwächt: „So wenig Aristoteles diese Priesterlehre als Philosophie annehmen konnte, soviel schauerliches Behagen scheint er an der Darstellung der ihr zu Grunde liegenden Lebensauffassung gefunden zu haben.“

Dialoge mit dem in den späteren Schriften unvereinbar (Philos. d. Griech. II. 2. p. 464).

Wir bemerken hiezu: Aristoteles schliesst sich dem Volksglauben an, was die Unsterblichkeit betrifft, aber nur in einigen Punkten, ohne dass er demselben eine wesentliche Bedeutung beilegt. So erinnert er, abgesehen von dem, was im Dialog Eudemus vorkommt, an die Solonische Verordnung, welche Schimpfreden gegen Verstorbene verbietet [1]), er legt grosses Gewicht auf die Todtenspenden und auf die Sitte des Schwörens bei dem Namen Verstorbener, als ein unwillkührlich aus den Tiefen des menschlichen Herzens hervorbrechendes Zeugniss für das Dasein derjenigen, denen man die Spenden ausgiesst [2]).

Was den Standpunkt des Aristoteles in den Dialogen und den in den späteren Schriften betrifft, so darf man beide nicht so weit auseinander rücken, dass dabei die Berührungspunkte vergessen werden. Wir haben betreffs des Eudemus bereits auf die Identität des in demselben erwähnten Geistes (der in der Getrenntheit vom Leibe seine eigentliche Natur hat) mit dem in der (viel später verfassten) Psychologie hingewiesen.

Die Persönlichkeit des Eudemischen· νοῦς zu behaupten, auf Grund späterer Aussprüche und im Zusammenhang mit diesen, scheint uns unberechtigt.

---

[1]) Plutarch Solon c. 21; Demosth. iu Leptin. § 104. Beck.

[2]) ἐν .. τοῖς διαλογικοῖς φησιν (Ἀριςτ.) οὕτως ὅτι ἡ ψυχὴ ἀθάνατος ἐπειδὴ αὐτοφυῶς πάντες οἱ ἄνθρωποι καὶ σπένδομεν χοὰς τοῖς κατοιχομένοις καὶ ὄμνυμεν κατ' αὐτῶν, οὐδεὶς δὲ τῷ μηδαμῇ μηδαμῶς ὄντι σπένδει ποτέ ἢ ὄμνυσι κατ' αὐτοῦ. Schol. in Arist. 24ᵇ 30.

Bei Athenaeus (15. p. 674 ff.) findet sich ein Fragment aus Aristoteles, worin derselbe von den Kränzen spricht, die beim Opfer aufgesetzt und bei Trauer abgelegt werden.

Ob nicht auch hier die Anschauung des Aristoteles von der Religion, als nothwendiges Staatsinstitut, zu Grunde liegt, wollen wir dahin gestellt sein lassen.

Wir berühren nur noch den platonischen Einfluss im Eudemus und meinen, Aristoteles habe zur Zeit der Abfassung bereits philosophische Selbstständigkeit und Reife erlangt, wenn er sich auch in platonischen Formen versuchte und der Inhalt einigermassen an platonische Dialoge erinnert [1]).

Bernays nimmt an, dass Aristoteles im Eudemus die Unsterblichkeitslehre wissenschaftlich dargelegt habe, Einiges scheint er uns übersehen zu haben; er sagt: „das geschichtlich (durch Anführung der Sage von Silen und von der Urtradition) Nachgewiesene sollte auch logisch bewiesen werden, und so haben wir auch bestimmte Kunde (wo?), dass die aristotelischen Dialoge in einer Reihe regelrecht gebildeter Schlüsse die Unsterblichkeit der Seele zu erhärten gesucht [2]).

Aus den Worten des Themistius, der diese als bekannt erwähnt, aber mitzutheilen unterlässt, ergibt sich nur soviel, dass sie von den platonischen Beweisen auch in ihrem Kern verschieden waren und dass sie mit dem Anspruch auftreten, nicht bloss auf den Geist (νοῦς) dessen Unabhängigkeit vom Körper ja auch die erhaltenen Schriften des Aristoteles nicht läugnen, sondern auch auf die Seele (ψυχή) die Un-

---

[1]) So fügen wir nachträglich bei aus Proclus in Tim. 338. D., dass Aristoteles in den Dialogen über die κάθοδοι und λήξεις τῆς ψυχῆς, ihr Herabsteigen zur Erde und die Wahl der Lebensrose, offenbar mit Plato übereinstimmend gehandelt hatte.

[2]) Durch solche Ausgeburten· (wie die Vergleichung der Seele im Leibe mit dem Gebundensein eines Lebendigen an einen Todten &c.) einer vor nichts zurückschreckenden Phantasie konnte Aristoteles so wenig wie durch Ausdeutung der Mythen und Cultusgebräuche oder durch philosophischen Mythus (wie ihn Stiefelhagen p. 311 nennt) die Aufgabe gelöst erachten, die er sich im Dienste der Philosophie gestellt hatte.

sterblichkeit in vollem Umfang der Worte zu erstrecken (ibid.) [1].

Beweisstellen aus der Psychologie, Methaphysik und Ethik des Aristoteles für die Unsterblichkeit.

Gehen wir vom Dialog Eudemus zu den streng wissenschaftlichen Werken des Aristoteles über, so finden wir in denselben die persönliche Unsterblichkeit des Geistes ausgesprochen. Die erste Stelle in dieser Beziehung lautet:

„Wenn der Geist (νοῦς) getrennt und an und für sich ist, ist er allein das, was er ist, und diess allein ist unsterblich und ewig" [2].

---

[1] Letzteres scheint uns im Dialog Eudemus nicht zu liegen: Aristoteles unterscheidet bereits dort zwei Prinzipe im Menschen (Fragm. bei Sext. Empir.); er bezeichnet das Eine als von göttlicher Natur — wie den späteren νοῦς, er kennt das χωρισθείς desselben, er sollte nun das andere Prinzip, die ψυχή und ihr Verwobensein mit dem Leibe sich nicht klar gemacht haben, nachdem er es einmal vom Geiste unterschieden? Die Theorie vom νοῦς war dort bereits (bis auf die ethische Seite) vollendet, parallel musste sich nothwendig Aristoteles die von der ψυχή bilden; dass letztere Bezeichnung (ψυχή), wie sie auch später mit dem Beisatze διανοητική vorkommt, zur Sache nichts macht, erhellt von selbst. In der Metaph. (XII. 3. § 10), die allerdings eines der spätesten Werke des Aristoteles ist, bemerkt derselbe ausdrücklich, dass nicht die ganze Seele (μὴ πᾶσα) unsterlich sei.

[2] De an. III. 5: ἡ δὲ κατὰ δύναμιν χρόνῳ προτέρα ἐν τῷ ἑνί· ὅλως δὲ, οὐδὲ χρόνῳ· ἀλλ' οὐχ ὅτε μὲν νοεῖ, ὅτε δὲ οὐ νοεῖ. χωρισθεὶς δ' ἐστί μόνον (ὁ νοῦς) καθ' ὅπερ ἐστί καὶ τοῦτο μόνον ἀθάνατον καὶ ἀΐδιον. Cf. de an. II. 2.

ἀθάνατος drückt das Nichtsterben, die Unvergänglichkeit des Geistes aus (die negative Seite der Unsterblichkeit); ἀΐδιος (auch vom göttlichen νοῦς gebraucht, Met. XII. 7: οὐσία ἀΐδιος καὶ ἐνέργεια ἄνευ δυνάμεως) die wirkliche, von Nichts abhängige, also dem νοῦς wesentliche Fortdauer (positive Seite der Unsterblichkeit) aus. Cf. Trendelenburg comm. in Arist. de an. II. 1. § 12. p. 337.

Diese Stelle kann nur auf Grund der aristotelischen Psychologie und im engsten Zusammenhang mit ihr richtig verstanden und erklärt werden.

Nun wird von Aristoteles, wie wir nachgewiesen haben, die thätige Vernunft, der eigentliche Geist deutlich und bestimmt als das Wesen des Menschen bezeichnet und erklärt[1]), in ihm findet sich auch die Persönlichkeit, somit lehrt Aristoteles die persönliche Unsterblichkeit des Geistes[2])!

---

[1]) Trendelenburg comm. p. 490: Mens separatá nihil est, nisi quod per se est, nulli rei a se alienata, atque ita suum habet τὸ τί ἦν εἶναι.

[2]) Die Scholastiker übersetzen: „Separatus autem est solum hoc, quod quidem est et hoc solum immortale est et perpetuum.“ Hiezu liefert Zabarella (p. 981) folgenden Commentar: Ut omnia quae dixit Aristoteles colligamus, fecit primo talem syllogismum. Omne quod secundum substantiam suam est sua actio, est separabile, immistum et impossibile. Intellectus agens est secundum suam substantiam actio, ergo est separabilis, immistus et impassibilis. Majorem Arist. non probavit, quia est per se manifesta, quod enim per essentiam sua est operatio est ex necessitate abstractum a materia et incorruptibile. Minorem Arist. ita probat. Agens nobilius est patiente, ergo quidquid patienti competit, et dicit perfectionem simpliciter debet etiam agenti competere et nobiliori modo prasertius, quando patienti competit per illud, sed intellectui possibili per agentem competit, ut quandoque sit sua actio ergo hoc idem debet competere etiam agenti et praestantiore modo, atqui possibili id competit non per essentiam suam sed per aliud, igitur agenti debet competere modo nobiliore, quam per aliud ergo per se et per essentiam suam est actio, non per aliud. Quod autem intellectui competat, ut sit sua operatio et quomodo, nempe quod non semper sed aliquando declarat Aristoteles repetens, quod scientia, quae est secundum actum est idem cum re scita &c. Letzteres gilt nur vom νοῦς ποιητικός. Auch Averroës findet es so von seinem Standpunkte, nach Zabarella (896. b): Averroës tripliciter haec verba interpretatur ita tamen ut semper de intellectu possibili velit esse intelligenda: Prima expositio est, quod Aristoteles sumat intellectum possibilem respectu totius speciei humanae et sensus verborum sit, si hic intellectus sumatur abstractus ab hoc et ab illo individuo i. e. prout in hoc individuo hoc modo est id, quod

Eine andere Stelle ist:

Der Geist scheint ein Wesen zu sein und nicht

---

est et est immortalis; quasi dicat respectu hujus hominis corrumpitur at respectu totius speciei est incorruptibilis. Et quia Aristoteles dicit hoc solum immortale est, dicit Averroës illam dictionem solum non pertinere ad exclusionem agentis, nam etiam agens est immortalis, sed significare hanc tantum considerationem intellectus possibilis respectu totius speciei cum exclusione alterius considerationis ut in hoc homine.

Secunda expositio Averroës est, quod Ar. loquatur de intellectu possibili, quatenus post cognitionem rerum materialium convertit se ad cognoscendum intellectum agentem et substantias immateriales, ut sensus sit. Intellectus possibilis, quando cognitis materialibus ad superiora convertitur tunc est·id, quod est pura quidditas quia unitur agenti et hoc modo est immortalis.

Tertia expositio quod Ar. loquatur de intellectu possibili secundum primum ejus copulationem cum homine, quae est per naturam ad excludendum eundem secundum primam ejus copulationem cum homine, per operationem et per habitus acquisitos mediantibus phantasmatibus: nam secundum primam copulationem est semper nobis copulatus quia per·naturam est etiam in puero, et hac tantum ratione est id, quod est et est immortalis, cum ratione alterius copulationis sit corruptibilis, quia hoc modo non est in infante hic enim dicitur intellectus speculativus, qui corruptibilis est ad corruptionem phantasmatum ... illa dictio solum excludit intellectum ratione secundae copulationis" &c. &c. Führen wir noch die Erklärung von S. Thomas Aqu. an (op. omn. III. Antwerp. Comment. in Ar. de an. p. 46 g).

Nachdem S. Thomas bezüglich des intellectus agens die Distinctionen gemacht, die wir schon kennen, bemerkt er zu unserer Stelle: „Dicit (Ar.) quod solus intellectus separatus est hoc, quod vere est. Quod quidem non potest intelligi, neque de intellectu agente neque de intellectu possibili tantum sed de utroque, quia de utroque dicit, quod est separatus. Et sic patet quod hic loquitur de tota parte intellectiva, quae dicitur separata ex hoc, quod habet operationem suam sine organo corporali. Et quia in principio hujus (III) libri dixit, quod si aliqua operatio animae sit propria contingit animam separari: concludit, quod haec sola pars animae scil. intellectiva est incorruptibilis et perpetua. Et hoc est,·quod hoc genus animae separatur ab aliis sicut perpetuum a corruptibili. Dicitur autem perpetua, non quod semper fuerit, sed

zu Grunde zu gehen[1]). Es scheint uns der zweite Satz mit dem ersten hier in ursächlichem Zusammenhang zu stehen, so dass man ihn ebenso ausdrücken könnte: Weil der Geist eine Substanz ($o\dot{v}\sigma\iota\alpha$) ist, — Aristoteles hat dies an andern Orten behauptet — desshalb geht er nicht zu Grunde.

Aristoteles glaubt an die Weltewigkeit, wir wir bereits angeführt haben, die Weltsubstanz war immer und kann nicht zu Grunde gehen; nach seinen Prinzipien kann unser Philosoph weder ein Werden aus Nichts noch ein Zergehen in Nichts von der Substanz, sei es die Weltsubstanz noch das Einzelwesen, aussagen — er verwirft sogar den platonischen Schöpfungsbegriff (cf. Bernays Theophrastos p. 49) — aber ein Aufhören der Substanz als solcher — als Einzelding — ist nach Aristoteles denkbar — dies bedeutet das $\varphi\vartheta\varepsilon\iota\varrho\varepsilon\sigma\vartheta\alpha\iota$ oder zu Grunde gehen.

Da wir aber von Aristoteles den Pantheismus fern halten müssen und andrerseits der Geist ($vo\tilde{v}\varsigma$) als eine Substanz bezeichnet wird, die wegen ihrer einfachen Natur nur in den göttlichen $vo\tilde{v}\varsigma$ sich auflösen könnte, so resultirt die Fortdauer des Geistes als solcher aus dieser Stelle[2]).

---

quod semper erit. Unde philosophus dicit (Met. XII) quod forma nunquam est aute materiam sed posterius remanet anima, non omnis sed intellectus.

Dass in unserer Stelle einzig der $vo\tilde{v}\varsigma$ $\pi o\iota\eta\tau\iota\varkappa\acute{o}\varsigma$ gemeint sein kann, ergibt sich daraus, dass der $vo\tilde{v}\varsigma$ $\pi\alpha\vartheta\eta\tau\iota\varkappa\acute{o}\varsigma$ als $\varphi\vartheta\alpha\varrho\tau\acute{o}\varsigma$ von Aristoteles bezeichnet wird; Aristoteles müsste sich hier widersprechen, wenn er die Incorruptibilität demselben jetzt zutheilen würde. Was die Abgetrenntheit des $vo\tilde{v}\varsigma$ betrifft, so kommt auch da der $vo\tilde{v}\varsigma$ $\pi o\iota\eta\tau\iota\varkappa\acute{o}\varsigma$ allein in Betracht, weil er die $o\dot{v}\sigma\acute{\iota}\alpha$ ist, und der $\pi\alpha\vartheta\eta\tau\iota\varkappa\acute{o}\varsigma$ Accidenz; ganz abgetrennt vom Körper ist die leidende Vernunft nur Potenz — ohne Inhalt, ohne Zweck.

[1]) ὁ δὲ νοῦς ἔοικεν ἐγγίγνεσθαι οὐσία τις οὖσα καὶ οὐ φθείρεσθαι. De an. L. 4.

[2]) Cf. Comment. Averrois op. Arist. Stag. tom. VII. 26, 65. (Venet. 1660).

Ferner führen wir an: Metaph. XII. 3. § 10:

„Ob aber nachher noch etwas bleibt, [1]) müssen wir untersuchen. Bei einigen Dingen kann es wohl der Fall sein; so kann die Seele, wenn sie von solcher Art ist, fortdauern, zwar allerdings nicht die ganze, aber doch die Vernunft, denn dass die ganze fortdauere, ist wohl unmöglich [2]).

---

[1]) Scil. wenn Form und Materie sich trennen. Der νοῦς ist nicht Form des Leibes, wie man hier annehmen möchte.

[2]) εἰ δὲ καὶ ὕστερόν τι ὑπομένει, σκεπτέον· ἐπ’ ἐνίων γὰρ οὐδὲν κωλύει, οἷον εἰ ἡ ψυχὴ τοιοῦτον, μὴ πᾶσα, ἀλλ’ ὁ νοῦς· πᾶσαν γὰρ ἀδύνατον ἴσως.

Der Codex Laurentianus 87, 12 mit der Bezeichnung A[b], welchen Bekker benützt, liest ψυχή (om. ἡ), man könnte demnach übersetzen: „wenn irgend eine Seele der Art ist“ — dazu der Gegensatz — „aber der νοῦς“ auch eine Art Seele, die Geistseele, welche hier als ein Theil der ganzen Seele hingestellt wird. Die Leseart ἡ ψυχή ist offenbar besser, weil eine bestimmte Seele, die menschliche, gemeint ist.

Schwegler in seinem Comment. in Arist. Met. p. 243 IV. Bd. zu dieser Stelle bemerkt: sie ist eine der wichtigsten und bestimmtesten aristotelischen Aussprüche hinsichtlich der individuellen Unsterblichkeit, und sei zu den von Zeller (II. 2. p. 497) gesammelten Stellen beizufügen.

Bezüglich der Ansicht der Akademiker und Peripatetiker über die Unsterblichkeitsfrage führt er Olympiodors Aeusserung (Schol. in Plat. Phaed. 98, 15. ed. Finkh) an: μέχρι μόνου τοῦ νοῦ ἀπαθανατίζουσι· φθείρουσι γὰρ τὴν δόξαν.

Leider fand sich für uns in Brandis’ Scholien in Arist. (Berolini 1863 ed. Acad. reg. Boruss.), deren willkürliche Anordnung sehr zu beklagen ist, über unsere Frage nichts.

Weil auch diese Stelle, wie die vorher angeführte auf der Theorie von der Substanz (oder οὐσία) ruhen, so müssen wir etwas näher darauf eingehen. Der Satz ist hier massgebend: Wie eine Substanz nicht wirklich entsteht, so vergeht sie auch nicht wirklich; wir haben in der Anmerkung zu de an. I. 4 das Betreffende erklärt.

Dieser aristotelische Satz findet sich sonderbarer Weise auch bei Carus (p. 489); er bemerkt, dass das, was wirklich ewig sich erweisen soll, keinen Anfang in der Zeit haben dürfe, musste bei einigermassen schärferen Bedenken an und für sich deutlich sein.“ Ferner sagt er speziell: „Die Schöpfung der Seele soll bloss als ein Dogma dem Glau-

Hier wollen wir die Ansicht eines älteren Philosophen, den Aristoteles de an. I. 2. anführt und dessen Anschauung er zu theilen scheint, folgen lassen [1]) sie lautet:

Alkmaeon glaubt, die Seele sei unsterblich wegen der Aehnlichkeit mit den unsterblichen Wesen; dieses komme ihr aber zu als der immer sich Bewegenden; denn alles Göttliche werde unaufhörlich bewegt, der Mond, die Sonne, die Gestirne und der ganze Himmel [2]).

---

ben empfohlen bleiben; vor der Entscheidung einer reinen Wissenschaft des Geistes konnte diese Lehre durchaus keinen Halt haben."

Wir meinen nun, man solle das nicht als Philosophie, als Resultat der Vernunftforschung hinstellen, was aus der Offenbarung gewonnen ist (Kleutgen, Philos. der Vorzeit!)

In anderer Wendung bringt Lotze (I. 425) den aristotelischen Satz, „Nichts berechtigt uns zur Annahme, dass, was einmal sei, immer sein müsse... Sind wir durch den Zusammenhang unserer übrigen Ansichten so sehr darauf hingewiesen, in allem Endlichen nur Geschöpfe des Ewigen zu sehen, so können noch weniger die Schicksale dieses Einzelnen andere sein, als das Ganze sie ihnen gebietet; das wird ewig dauern, was um seines Werthes willen ein beständiges Glied der Weltordnung sein muss, das Alles wird zu Grunde gehen, dem dieser erhaltende Werth gebricht. Kein anderes höchstes Gesetz unserer Schicksale können wir auffinden, als dieses, aber eben dieses ist unanwendbar in unseren menschlichen Händen.

Von Aristoteles wird dem νοῦς zwar ein hoher Werth beigelegt, aber nicht, weil er ein bedeutendes Glied der Weltordnung, sondern weil er göttlicher Natur ist.

Was das Zugrundegehen der Substanzen betrifft, so wird auch vom christlichen Standpunkte aus das absolute Aufhören derselben negirt, aber nicht aus dem aristotelischen Grunde, weil sie immer waren.

[1]) Wegen der niederen (indirecten) Beweiskraft führen wir diese und die nächste Stelle zuletzt an.

[2]) Καὶ 'Αλκμαίων ἔοικεν ὑπολαβεῖν περὶ ψυχῆς· φησὶ γὰρ αὐτὴν ἀθάνατον εἶναι διὰ τὸ ἐοικέναι τοῖς ἀθανάτοις· τοῦτο δ' ὑπάρχειν αὐτῇ ὡς ἀεὶ κινουμένῃ· κινεῖσθαι δὲ καὶ τὰ θεῖα ἅπαντα συνεχῶς ἀεί, σελήνην, ἥλιον, ἀστέρας καὶ τὸν οὐρανὸν ὅλον. Cf. Met. I. 5.

Endlich folge die Stelle aus d. Ethic. Nic. X. 7:

„Keineswegs dürfen wir jener Ermahnung Gehör schenken, welche uns anweist, als Menschen und sterbliche Wesen unser Streben auf das Menschliche und Sterbliche zu beschränken; vielmehr müssen wir unsterblich zu sein, so weit es möglich ist, und mit aller Kraft das dem edelsten Theile des menschlichen Wesens entsprechende Leben zu führen uns bestreben; denn, ob auch klein an Umfang, ist er doch das alles Andere an Kunst und Werth weit überragende ¹).

Aristoteles glaubt, wie wir wissen, an die Göttlichkeit der Gestirne, eben so wie an die Göttlichkeit des νοῦς; wenn nun unser Philosoph auch mit der Prinzipienlehre des Krotoniaten Alkmäon, der ein Schüler des Pythagoras ist, nicht einverstanden sein kann, so dürfte man wohl annehmen, dass Aristoteles mit der Citation aus Alkmäon hier seine eigene Meinung aussprechen wollte, um so mehr, als Aristoteles diese Ansicht nicht wiederlegt.

Die Art des Fortbestehens der Seele (νοῦς, denn die ψυχή vergeht mit dem Körper) ist die gleiche wie die der Gestirne; ob Aristoteles dieselben als belebte Wesen resp. persönliche Wesen nahm, ist nicht klar; die Persönlichkeit des νοῦς steht fest.

¹) χρή δὲ οὐ κατὰ τοὺς παραινοῦντας ἀνθρώπινα φρονεῖν ἄνθρωπον ὄντα, οὐδὲ θνητὰ τὸν θνητόν, ἀλλ᾽ ἐφ᾽ ὅσον ἐνδέχεται ἀπαθανατίζειν, καὶ ἅπαντα ποιεῖν πρὸς τὸ ζῆν κατὰ τὸ κράτιστον τῶν ἐν αὐτῷ· εἰ γὰρ καὶ τῷ ὄγκῳ μικρόν ἐστι, δυνάμει καὶ τιμιότητι πολὺ μᾶλλον ὑπερέχει πάντων.

τὸ κράτιστον ist offenbar der νοῦς, wie aus den später folgenden Sätzen erhellt; die Theorie des νοῦς, wie sie in seiner Psychologie, abgesehen von der Metaphysik sich findet, hatte Aristoteles schon entwickelt, ehe er diese Ethik schrieb, über die Unsterblichkeit desselben war er mit sich bereits im Reinen, es dürfte somit die vorliegende Stelle den Sinn haben: da der bessere Theil des Menschen, der νοῦς doch unsterblich ist, so sollen wir schon hier ein dem jenseitigen θεωρεῖν desselben ähnliches, vom Materiellen abgeschiedenes, unsterbliches Leben führen· (ἐφ᾽ ὅσον ἐνδέχεται — ein vollständiger χωρισθείς ist der νοῦς erst nach dem Tode.

Die Stelle hat aber nur im Zusammenhang mit den anderen Beweisstellen Sinn und Bedeutung.

So haben wir denn nach Massgabe des von Aristoteles
in dieser Frage Gebotenen dieselbe zu lösen versucht, und
an sich unser vorgestecktes Ziel erreicht.

Beweisstellen aus Theophrast für den Unsterblichkeitsglauben des Aristoteles.

Wenn man von dem Schüler auf den Meister zurück-
schliessen darf und wenn in der Lehre und Auffassung des
Jüngers die Doktrin und Anschauung des Meisters gewöhnlich ganz oder doch grossentheils enthalten ist und sich
lebendig abspiegelt, mag auch zu dem eine Fortbildung und
Ausbildung der Lehren des Meisters durch den Jünger
stattfinden — so wird ein solcher Rückschluss und eine
solche Annahme gewiss bezüglich des Verhältnisses des
Theophrast zu seinem Lehrer Aritoteles erlaubt sein.

Theophrast aus Eresus, der bedeutendste Schüler des
Aristoteles und Nachfolger desselben im Scholarchate der
peripatetischen Schule zu Athen stimmte, wie wir wissen,
mit den Grundanschauungen seines Lehrers überein; die
Lehre seines Meisters bearbeitete er theilweise und zwar
wandte er sich der Naturwissenschaft zu [1]).

Was unsere Frage bezüglich der Unsterblichkeit betrifft,
so scheint uns, soweit uns seine Schrift über die Frömmigkeit Aufschluss bietet, von Theophrast wie von Aristoteles
ein doppelter Standpunkt eingenommen zu werden, indem
derselbe einestheils dem Volksglauben sich accomodirt, ob

---

[1]) Der νοῦς ist auch ihm (nach Simplic. zur Psych. f. 225) der bessere
und göttliche Theil des Menschen, da er von aussen eingeht als ein
Vollkommenes; Theophrast statuirt wie Aristoteles einen χωρισμός des
νοῦς und σῶμα, doch soll der Geist auch irgendwie dem Leibe immanent
(σύμφυτος) sein. Leider bietet uns auch Theophr. keinen näheren Aufschluss über das θύραδεν des Aristoteles.

aus denselben politischen Rücksichten wie Aristoteles, können wir nicht entscheiden, und indem er anderntheils auf Grund philosophischer Prinzipien zum Glauben, an die Unsterblichkeit gelangt.

Von ersterem Standpunkt aus ist wohl folgende Stelle, wie sie sich in einem Excerpte des Porphyrios aus Theophrast (über die Opfer) findet, aufzufassen:

„Die grösste und erste aller göttlichen Wohlthaten besteht in der Verleihung der Feldfrüchte und von diesen allein muss man auch Weihgaben darbringen, sowohl den Himmelsgöttern wie der sie hervortreibenden Erde. Denn ein den Göttern gemeinsamer Herd ist die Erde; wir alle, die wir uns an sie wie an eine Amme und Mutter schmiegen, müssen sie preisen und ihr als Urheberin unseres Daseins [1]) Kindesliebe bezeigen. Dann möchten wir wohl nach erreichtem Lebensziel gewürdigt werden, einzugehen in den Himmel und zu der gesammten Schaar der himmlischen Götter, die wir jetzt, wo wir sie erblicken, mit dem verehren, dessen hervorbringende Ursache sie und wir gemeinschaftlich sind, indem wir nämlich von den vorhanhenen Früchten Weihgaben darbringen, von allen Früchten ohne Ausnahme und wir Menschen Alle ohne Ausnahme, obwohl wir uns nicht Alle für völlig werth halten, den Göttern zu opfern. Denn wie nicht jede Art von Opfer, so ist wohl

---

[1]) Diess möchte auf den Glauben führen, als ob Theophr. eine Evolution oder die sogenannte spontane oder Urzeugung des Menschen aus ewig vorhandenem Stoff angenommen hätte, allein Theophrast hat die Anschauung des Aristoteles, dass es einen Erdenzustand gegeben, in welchem es zwar Menschen, aber noch keine Bäume und Thiere gegeben, diese lässt er aus der Erde hervorgehen; ferner hat Theophrast wie Aristoteles nicht schlechthin erste Menschen anerkannt, sondern nur gerettete Flüchtlinge aus einer früheren durch Ueberschwemmung vernichteten Menschheit.

auch nicht das Opfer von Jedermann den Göttern angenehm." (Bei Bernays Theophrastos Schrift über Frömmigkeit. p. 92). [1])

Theophrast sagt in der angeführten Stelle, dass man
durch Weihgaben und durch Verehrung der Mutter Erde
verdienen könne, einst in den Himmel der Götter einzugehen.
An einer anderen Stelle gibt er noch an, wodurch
eigentlich die Erlangung des göttlichen Wohlgefallens beim
Opfer bedingt sei; er sagt: „Wenn Leute, sauber zwar an
ihrem Leibe wie in ihrer Kleidung, jedoch mit einer vom
Bösen nicht gereinigten Seele zum Opfer gehen, so glauben
sie, das mache nichts aus, als wenn die Gottheit nicht
am meisten Gefallen haben müsste an dem reinen
Zustande unseres göttlichen Theils, der ihr ja
der verwandteste ist [2]).

---

[1]) πρώτη ἡ τῶν καρπῶν ἐστιν, ἧς καὶ ἀπαρκτέον μόνης τοῖς θεοῖς καὶ τῇ
γῇ τῇ τούτους ἀναδούσῃ· κοινὴ γάρ ἐστιν αὕτη καὶ θεῶν καὶ ἀνθρώπων ἑστία,
καὶ δεῖ πάντας ἐπὶ ταύτης ὡς τροφοῦ καὶ μητρὸς ἡμῶν κλινομένους ὑμνεῖν καὶ
φιλοστοργεῖν ὡς τεκοῦσαν· οὕτως γὰρ τῆς τοῦ βίου καταστροφῆς τυχόντες παριέ
ναι (a) ἀξιωθείημεν ἂν εἰς οὐρανὸν (b) καὶ τὸ σύμπαν γένος τῶν
ἐν οὐρανῷ θεῶν, οὓς νῦν ὁρῶντας τιμᾶν (δεῖ) τούτοις (c) ὧν συναίτιοι ἡμῖν
εἰσίν, ἀπαρχομένους μὲν τῶν ὑπαρχόντων καρπῶν (πάντων) καὶ πάντας, οὐκ
ἀξιόχρεως δ'εἰς τὸ θύειν θεοῖς πάντας ἡμᾶς ἡγουμένους· καθάπερ γὰρ οὐ πᾶν
θυτέον αὐτοῖς, οὕτως οὐδ' ὑπὸ παντὸς ἴσως κεχάρισται τοῖς θεοῖς.

Leearten: (a) παριέναι πάλιν; (b) εἰς οὐρανὸν καὶ εἰσορᾶν; (c) τιμᾶν τούτοις.
οὓς νῦν ὁρῶντας τιμᾶν δεῖ scil. θεούς.

Theophr. geht treu in den Spuren seines Lehrers, indem er als die
ersten Götterwesen, denen Verehrung gezollt ward, die himmlischen
Götter (τοῖς οὐρανίοις θεοῖς. Z 4) bezeichnet. Darunter sind nicht allgemein die im Himmel thronenden Götter, sondern die Himmelslichter und
Himmelskörper gemeint (τοῖς φανομένοις — hier οὓς ὁρῶντας — οὐρανίοις
θεοῖς) — bei Bernays Theophr. p. 44.

[2]) ὅταν δὲ τὸ σῶμα μετὰ τῆς ἐσθῆτός τινες λαμπρυνάμενοι μὴ καθαρὰν κακῶν
τὴν ψυχὴν ἔχοντες ἴωσι πρὸς τὰς θυσίας, οὐδὲν διαφέρειν νομίζουσιν, ὥσπερ οὐ
τῷ θειοτάτῳ γε τῶν ἐν ἡμῖν χαίροντα μάλιστα τὸν θεὸν διακειμένῳ καθαρῶς
συγγενεῖ πεφυκότι (bei Bernays Theophr. p. 67).

Hier finden wir die psychologischen Grundanschauungen des Aristoteles, den göttlichen νοῦς: dieser in seinem reinen Zustand erregte vorzüglich das Wohlgefallen der Götter und weil dieser Zustand eine Bedingung wohlgefälligen Opfers ist, durch welches der Himmel verdient wird, so ist der reine unbeflekte Geist somit der Grund der Unsterblichkeit, und seine Gottverwandtschaft indirekt die Ursache der möglichen Theilnahme an der Seligkeit der Götter. Dies ist die Unsterblichkeitslehre aus psychologischen Prinzipien hervorgegangen.